日本橋恋ぞうし

おるうの嫁入り

角川文庫
24418

目次

主な登場人物

おるう

武家の三津瀬《みつせ》家出身で嫁入り前の名前は美鳥《みどり》。身分を偽るために名を変えて佐久良屋に嫁ぐ。小太刀術に優れていて、物怖じしない実直な性格。

燕七《えんしち》

骨董商佐久良《さくら》屋の主《あるじ》。肩幅が広く、色白で端整な顔立ちをしている。優しく気の利く性格だが、妻のおるうに対してはどことなく遠慮がちで冷たく接する。

◆**柳造《りゅうぞう》**　燕七の腹違いの弟。主に刀の仕入れを担っているが、燕七とは折り合いが悪い。

◆**おもん**　燕七の義母であり、柳造の実母。佐久良屋の先代おかみとして、おるうに厳しく接する。

◆**おすみ**　おるうの嫁入りの際に三津瀬家からともにきた唯一の女中。おるうの五つ年上で、頼りになる存在。

◆**嶋吉《しまきち》**　佐久良屋に奉公する手代。窮地を助けてくれたおるうを慕っている。

イラスト／立原圭子

序

瑠璃色《るりいろ》の羽を持つ小鳥が、伸びやかに空を舞う。

何と可憐《かれん》で、同時にまた、何と勇ましい姿だろう。

そんな小鳥の姿が、黒漆塗りの脇差《わきざし》の鞘《さや》に、瑠璃色の螺鈿《らでん》であしらわれている。

鍔《つば》の彫物や柄頭《つかがしら》の金具も、元気よく羽ばたく小鳥の模様だ。

かわいらしくて、きれいで、格好がよくて、素敵。

美鳥《みどり》は息をするのもすっかり忘れて、その見事な脇差に見入ってしまった。

十の頃の思い出だ。

ぼうっとしてしまった美鳥に、父が「どうしたのだ」と声を掛けてきた。美鳥は、はっとして父に向き直った。

「こんなに素敵なものを、本当に、わたくしがいただいてよろしいのですか？」

どきどきと躍る胸を押さえて問えば、日頃は厳しい父が目元をかすかに緩めてうなずいた。

「おまえに贈られたものだ、美鳥。おまえがおなごでありながら、実に見事な手柄を立てたゆえに」

「では、あのかたはご無事だったのでございますね？」

「うむ。息災であると聞いておる。それも、おまえが勇敢に振る舞うことができたからだ。立派であったぞ」

三河《みかわ》以来の忠臣たる三津瀬《みつせ》家に生まれたからには女も男もない、刀ひとつ振れずしてどうするのだ、と父は常々言っている。お城のお勤めのない日には、美鳥に小太刀術の稽古《けいこ》をつけてくれたりもする。

美鳥の立てた手柄とは、ご先祖さまが若かりし日の権現さまのおそばで一番槍《やり》の誉れを上げた、という昔話に比べると、ずっと小さな出来事だった。

けれども、まだ九つだった女の子の手柄としては、十分に立派と言えるはずだ。

何しろ美鳥は、あのかたが悪党どもに連れ去られそうになるのを、すんでのところで防いだのだから。あのかたのお命をちゃんと守ることができたのだから。

父は、小さく折り畳まれた紙片を懐から取り出した。

「おまえへの礼を記した文だ。脇差とともに届いた。武家としての礼を失せぬよう、おまえもきちんと返事を出しなさい」

「はい！」

美鳥は脇差を抱きしめ、父が差し出す手紙を受け取った。

手紙の表には、美鳥に向けたらしい宛名《あてな》が書いてある。その文言に少し驚いた。

「勇敢なる小鳥の乙女」

あのかたには、美鳥のことがそんなふうに見えていたのだ。

美鳥はどきどきしながら、なぜだか震えてしまう手で、手紙をそっと開いた。

＊

美鳥はその日も黐《もち》の木に登っていた。

小太刀術のお師匠さまのお屋敷には、庭に大きな黐の木が植えられている。板塀よりも高いところへ枝を伸ばした、がっしりとして大きな木だ。

その木に登るのが稽古の後の楽しみだった。高い枝まで登れば、まっすぐな塀が続いていく武家屋敷の静かな通りも、いろんな出《い》で立ちをした人々が行き交う町場のにぎわいも、つやつやとした葉っぱ越しに遠くまで見えるのだ。

高いところから景色を眺めると、晴れ晴れとした気持ちになる。

ところが、その日はわけが違った。

お気に入りの枝に腰を下ろそうとしたそのとき、板塀の外でとんでもないことが起こっているのを目にしたのだ。

「あっ！」

思わず声が出た。

ぱっと、少年がこちらを見上げた。目が合った。

大人の男が二人がかりで少年を押さえ込もうとしていた。少年は、口を悪党の手でふさがれ、助けを呼ぶこともできずにいる。

上等な駕籠《かご》が横倒しになっている。従者らしき人たちが駕籠のそばで倒れている。

美鳥のほかに誰も見ていない。欅の木の真下にある路地は高い塀に挟まれており、昼間でも薄暗く、めったに人通りがないのだ。

声を封じられた少年の目が、きらりと光った。美鳥よりもいくつか年上だろう。

でも、大人の男の力には到底かなわない。このままでは、さらわれてしまう。

考えを巡らせる暇《いとま》などなかった。

体が燃えるように熱くなった。その熱につき動かされて、美鳥は叫んだ。

「かどわかしだ！　悪党め！　成敗してやる！」

叫びながら、跳んだ。

鰯の木の枝から板塀の笠木《かさぎ》の上へ。帯に差していた小太刀形の木刀を抜いて、笠木の上からさらに跳ぶ。

「えい！」

少年の腕をひねり上げている悪党めがけて、美鳥は力いっぱい木刀を振り下ろした。

＊

「勇敢なる小鳥の乙女」

少年が美鳥に宛てた手紙は、美しい手蹟《しゅせき》によって綴《つづ》られている。その字が美鳥のことを、勇敢なる小鳥の乙女、と何度も書いてくれているのだ。

美鳥の胸は、くすぐったく高鳴っている。

「では、あなたは、瑠璃の脇差の君だわ」

美鳥は手紙に語りかけた。父は、互いのお家にとって障りがあるからと、瑠璃の脇差の君の名を美鳥に教えてくれなかった。

瑠璃の脇差の君からの手紙には、一つの約束が書かれていた。

「勇敢なる小鳥の乙女よ、いつかあなたの前に困難が立ちはだかったときには、私に助けを求めてください。そのときは必ず私があなたの助けとなりましょう」

本当の名すら知らない初恋の人からの言葉を、美鳥は胸の奥に大切にしまい込んでいた。

大人に近づくにしたがって、幼い胸のときめきは忘れてしまった。淡い恋の思い出は、きらきらとしてきれいなまま、美鳥の心の底で眠りに就いた。

瑠璃の脇差の君からの手紙はそれっきり途絶えてしまった。あの少年が今どこにいるのか、美鳥にはわからない。

ついに訪れた、嫁入りの日。

美鳥は、初恋の人のことを頭の隅で思い出し、綿帽子の下で「さよなら」とささやいた。

第一話　骨董《こっとう》商佐久良屋のおかみ

一

「おるうさま、少しよろしいでしょうか」

静かな男の声が誰かを呼んでいる。

一拍遅れて、はっと思い出した。

おるう、というのは、わたくしのことだ。わたくしの名はもう美鳥ではない。三河以来の忠臣たる三津瀬家の長女ではなく、名も変えてしまったのだ。

「もうお休みですか、おるうさま」

淡々とした問いが再び投げかけられる。

おるうは慌てて脇差《わきざし》から目を上げ、返事をした。

「いや、起きておりまする。何のご用にござりましょう？」

答えながら振り向くと、閉ざされたままの障子がある。

夫は障子の向こう側にいるのだ。この部屋は夫婦のために与えられているにもかかわらず、夫がここへ足を踏み入れたことは一度もない。

夫の名は、燕七《えんしち》という。日本橋《にほんばし》は通《とおり》二丁目に店を構える骨董商、佐久良屋《さくらや》の若き主《あるじ》である。歳は、おるうより三つ年上の二十二。

半月ほど前にひっそりとした祝言を挙げて以来、ほとんど話していない。燕七は、仕事仕事と忙しくしてばかりで、おるうに顔を見せもしないのだ。

祝言の折、綿帽子の下からそっと様子をうかがったのが、燕七の姿を目にした最初だった。おるうは思わず息を呑《の》んでしまった。

何て美しい殿方……!

色が白く、目元が涼やかで、何とも端整な顔立ちである。よくできた作り物のように整っているが、繊弱な印象はない。

がっしりと肩幅が広く、胸板の厚みもある。姿勢がよく、身のこなしがしなやかで力強い。まるで鍛練を欠かさない武士のようだ。

花嫁のおるうを前にしても、燕七が浮ついたり動じたりする様子は微塵《みじん》もなかった。それがまた古風な武士のたたずまいのようで、おるうは胸が熱く高鳴るのを感じた。

商家に嫁ぐと決めてから、まだ見ぬ相手に望みを抱くことなどやめていた。なよなよとして貧弱なのだろうか。それとも、あり余る金で飽食してでっぷり太っているのだろうか。

相手がどんな人でも仕方がない。何だって受け入れるしかないのだ、と腹を括《くく》っていた。

だというのに、何たることだ。

そんじょそこらの若い武士よりも、商人であるはずの燕七のほうが、いっそ武士らしさに満ちている。たたずまいの静けさ、凛《り》々《り》しさ、力強さ。さらには姿かたちそのものが雄々しく美しいのだから、どうしても目を惹《ひ》かれてしまう。

祝言の儀式は淡々と進んだ。といっても、夫婦《めおと》となる男女が盃《さかずき》を交わす「三献の儀」を形だけ執りおこなったことのほかは、上等なお膳《ぜん》で夕餉《ゆうげ》をともにしたのみだ。

燕七がうつむけば、そのまつげの長さに、はっとさせられた。

横顔がまた美しかった。月代《さかやき》の青い剃《そ》り跡から額、鼻筋、厚すぎず薄すぎない唇を通って、少し尖《とが》った顎《あご》と、首筋の喉仏《のどぼとけ》の出っ張りまで、非の打ち所のない線で形づくられている。

本当の美男というのは、きっと髑髏《どくろ》になったって美しい。女は前髪の上げ方や鬢《びん》の形の作り方、簪《かんざし》を挿す位置で多少のごまかしが利くが、男は頭頂の月代をすっきり剃ってしまう。燕七は、髑髏の形そのものが美しいからこその、この横顔なのだ。

おるうは綿帽子の下から燕七を盗み見ては、そのたびに見惚《みと》れてしまった。慎《つつ》ましやかな花嫁にふさわしからぬ振る舞いだったかもしれない。

燕七はおるうのまなざしを察していただろう。だが、燕七は何も言わなかったし、ほかの誰かに咎《とが》められることもなかった。

何しろ、夜の暗がりの中、仏間でひっそりと挙げられた祝言には、燕七の義母のおもんと腹違いの弟の柳造《りゅうぞう》、佐久良屋の古番頭の伊兵衛《いへえ》が、途中でちらりと顔を出したのみに過ぎなかったのだ。

わけありの縁談であることは、佐久良屋の誰もが感じたことだろう。おるうのほうは家族も親戚《しんせき》も顔を出さず、仲人《なこうど》の姿すら見えない。

いわくつきの花嫁、と、おもんが吐き捨てるようにつぶやくのが聞こえた。姑《しゅうとめ》との仲は多難な始まりとなったのだ。

燕七と折り合いの悪い柳造は、むろん祝いの言葉など掛けてくれるはずもなく、盃を放り捨てて座を立った。

おるうと燕七の静かな祝言を初めから終わりまで見守っていたのは、燕七の父、絢十郎《けんじゅうろう》の位牌《いはい》だけだった。

あのひそやかな祝言から、半月ほどになる。

用事があるとき、燕七はこうして、夜遅くに障子越しに話をしに来る。

「明日、呉服商がおるうさまのために夏向けの反物を見せに来るそうです。五着でも十着でも、必要なぶんをあつらえさせてください」

「五着でも十着でも？　さようなぜいたくなどできませぬ」

間があった。ため息が聞こえた。

「ぜいたくではなく、必要なことです。佐久良屋ほどの身代の店ともなれば、身なりを軽んじてはなりません。あなたが今までお召しになっていた着物では、ちぐはぐなのです。先日も申し上げましたが」

祝言の段取りを調えていた頃にも言い渡されていた。武家と商家では暮らし向きから何からすべてが違うのだから、身ひとつで移ってきてもらいたい、と。

しかし、新しい着物を五着も十着もあつらえるとなると、どれほどの値になるのやら。おるうは金勘定にまったく疎いが、それでも、目を回すほどの大金になるだろうとの予測はつく。

「面目ございませぬ。今の世においては、由緒しか取り柄のない旗本など……」

燕七はいくぶん声を高めて言葉をかぶせ、皆まで言わせなかった。

「妻は遠方から嫁いできたため、十分な数の着物を持ってくるのは難しかった、と呉服商には伝えてあります。ゆえに必要と考えられる品はすべて揃えてほしい、と」

「……さようでございますか」

「ええ。これは方便です。繰り返し申し上げているとおり、おるうさまのご実家はとある宿場の郷士で、本陣の世話役を務める家柄、ということにしてありますので、抜かりのないようお願いします」

郷士とは、いわば在地の名士だ。武士がその地に居着いて百姓のような暮らしを送っている場合にも、その地を治める立場にある百姓が武士に準じて苗字《みょうじ》帯刀を許されている場合にも、郷士という呼び方をする。

本陣というのは、大きな街道沿いの宿場に置かれた旅籠《はたご》の一種で、最も格式高いものだ。参勤交代の大名や江戸《えど》の大身旗本が利用する旅籠である。

おるうの偽の素性は、本陣の世話役をも務める郷士の娘。この筋書きを考えたのは燕七だった。

郷士は純然たる武士とはみなされないが、むろんただの百姓でもなく、十分な学があって読み書きには不自由しない。実家については本陣の勤めがご公儀の機密に関わるので他言できない、ということにしておけば、深く詮索《せんさく》したがる者も出ないだろう。

手の込んだ筋書きである。それもこれも、武家育ちのおるうが商家の嫁として不出来なためだ。そしてまた、おるうの真の素性からかけ離れた嘘の生い立ちを、もっともらしく広めるためでもあった。

燕七は念を押すように言った。

「明日訪れる呉服商は口が堅く信用できる相手ですから、おるうさまはただ先方にお任せになっていればよろしいでしょう」

「相わかりました」

おるうは唇を嚙《か》んだ。

旗本の娘であることを、誰にも知られてはならない。名を変えたのもそのためだ。燕七は方便などと言うが、結局は嘘偽りである。それを守り通すことがおるうの役目だが、苦しくてならない。気が休まらず、胸がふさいでしまう。

障子越しに、衣擦《きぬず》れの音がした。

「では、明日のことはお伝えしましたので、手前はこれで」

それだけ告げて、燕七は立ち去っていった。息を殺して物音を探ってみても、燕七が戻ってくる様子はない。

おるうは嘆息し、口の中でつぶやいた。

「お休みなさいませ、旦那《だんな》さま」

面と向かってそう言えたことはない。

おるうは、瑠璃《るり》色《いろ》の小鳥をあしらった脇差《わきざし》に目を落とした。

「瑠璃《るり》羽《は》丸《まる》よ、わたくしはどうすればよいのだろう?」

今、おるうが不安を正直に打ち明けられる相手は、十の頃から大切にしていることの脇差だけだ。

瑠璃羽丸と名づけた脇差は、刃長一尺五寸(約四十五センチメートル)。女が持つ守り刀としては長すぎるが、どうしても手放せない宝物だからと燕七に訴え、手元に残すことを許されていた。

鯉口《こいぐち》を切り、刀身をのぞかせる。

行灯《あんどん》の明かりに照らせば、青みがかった地鉄《じがね》に、ゆったりと波打つ浅い湾《のた》れの刃文が白々と映えている。

冴《さ》え冴《ざ》えとして美しい瑠璃羽丸の肌を見つめているうちに、心が落ち着いてくる。ぞわぞわと背筋を這《は》い回るようだった不安が、澄んだ鋼の輝きに触れて鎮まっていく。

「なるようにしかならぬ。なせることを、精いっぱいになすしかない」

この道を行くと決めたのは、おるう自身だ。己の意志で選んで、おるうは佐久良屋に嫁いだのだ。

新たな名をつけるにあたっては、瑠璃羽丸にちなむことにした。「瑠羽《るう》」である。小難しい漢字で名を綴《つづ》るよりもひらがなにしたほうが商家のおかみさんらしい気がして、日頃は「るう」と記している。

だが、まだこの名に慣れない。あまり呼んでもらえないせいだ。

佐久良屋の奉公人からは「若おかみ」と呼ばれている。実家から唯一ついてきた女中のおすみは、いまだに「お嬢さま」と呼ぶ。姑や義弟からは「あんた」としか呼ばれた覚えがない。

おるうと呼んでくれるのは燕七くらいのものだというのに、今日もまた障子越しに言葉を交わしただけだ。それも、対話とはいえない。淡々と用件を告げられただけではないか。

「まことに、どうすればよいのか……」

新しい暮らしがこうもうまく運ばないものだとは思ってもいなかった。

二

おるうが燕七と祝言を挙げたのは、文政《ぶんせい》六年（一八二三）正月半ばのことだった。

張り裂けそうなほどに胸を高鳴らせて臨んだ初めての夜に、燕七は、若夫婦のために与えられた部屋に一歩たりとも入ってこなかった。敷居の向こう側、肌寒い板張りの廊下にきっちりと座したままで淡々と告げたのだ。

「この縁組は形だけのものと思っていただいてかまいません」

「形だけ、とは？」

「三津瀬家のご当主さまの目的と、新たに佐久良屋の主《あるじ》となった手前の目的が、ちょうど一致した。それゆえに結ばれただけの縁組です。おるうさまはその証《あかし》としてこちらに居を移したに過ぎないのです」

「それは……どういう意味でございましょう？」

「おるうさまは、表向きのみ佐久良屋のおかみとして振る舞っていただければ結構。

手前が留守にしているときは好きに過ごしていただいてかまいません。こちらの部屋はおるうさまがお一人でお使いください」

「ですが、それでは、燕七さまはいかがするのです？　部屋は？」

「幼い頃より与えられていた部屋がありますので」

「さ、されども、夫婦の務めというものは……」

駄目だ。武家育ちの女の口から、これ以上は言えない。

燕七は淡々としておるうに告げた。

「今日はお疲れになったでしょう。手前のことなどお気になさらず、お一人でゆっくりとお休みください。では、手前はこれにて」

燕七が折り目正しく障子を閉めて去っていった後、おるうは、しばらくぽかんとして身動きできなかった。

それから、だんだんと腹が立ってきた。要するに、おまえなど抱けぬと突き放されたのだ。

武家の女たる者、いざこの期に及んでは潔く腹を括《くく》るべし、と覚悟を決めていたおるうは、見事に肩透かしを食わされた格好である。

「これが初夜だと？　一体、何だというのだ……！」

眉《まゆ》ひとつ動かさなかった燕七の美貌《びぼう》を思い返すだに憎らしかった。人知れず顔を火照《ほて》らせたり、逆に指先が冷たくなったりなどしながらその時を待っていた自分が、どうしようもない間抜けに思えてくる。

一人で布団に入ってみても、いらいらして、なかなか寝つけなかった。

翌朝、おるうが起き出したときには、燕七はとうに仕事を始めていた。おるうは慌てて身支度を整え、燕七を店先まで追いかけた。

「え、燕七さま」

「おはようございます、おるうさま。これから手前は出掛けてまいりますので」

燕七は端整な顔を緩めることなく、さっさと出ていこうとする。

「出掛けるとは、いずこへ参られるのです？　お戻りはいつになるのでござりましょうや」

思わず声を高くすると、燕七は足を止めて振り向いた。

じっと見つめてくるまなざしに、おるうはたじろいでしまう。燕七の顔立ちはとにかく整っている。とりわけ、目の力が強い。

おるうは、はっと気がついた。

大店《おおだな》に嫁いだばかりのおかみさんが、こんな古風で堅苦しい口を利くものではない。うまくやらねばとわかっているのに、また失敗した。しかし、一体どんな口を利けばよいというのか。

口ごもってうつむいたおるうに、燕七はため息交じりに言った。

「夕餉《ゆうげ》は先に食べておいてください。先に休みたければ、手前のことは気になさらず、そうしてもらってかまいません。さあ、そんな薄着で店先にいては体が冷えます。奥にお戻りください」

おるうはうなずき、すごすごと奥に引っ込んだ。

その晩、燕七は予告したとおり帰りが遅かった。おるうが寝巻に着替えた後になって部屋の外から「戻りました」と声を掛けられた。返事はしたが、寝巻姿を見せてよいものだろうかと悩んで、障子を開けることができなかった。

翌日もまた燕七は早くに出ていってしまい、顔を合わせることすらできなかった。すっかりほったらかしにされている。

「留守の間は好きに過ごしてよいとおっしゃっていたが、何をすればよいのか」

店の中のこともわからない。骨董《こっとう》商というのは、どんな商いなのか。燕七が出掛けてしまったので、誰に問えばよいかも見当がつかない。

「ぐずぐずしておるよりも、飛び込んでみるべきだろうか」

口に出すと、その案はしっくりくるような気がした。そうだ、とにかく動いてみるのが、おるうの性に合うのだ。

おるうは、思い切って店先に出た。

佐久良屋は、大きな通りに面した表店《おもてだな》だ。目の前の通りは、日本橋南の繁華な界《かい》隈《わい》の真ん中を、南北に貫いている。

何と人通りの多く、何とにぎやかな道だろうか。商家の呼び声に立ち話の声、駕《か》籠《ご》かきの掛け声。節回しをつけて何かを売り歩く者もいる。

生まれ育った武家地の静けさとは、まるで違う。

おるうは店先で立ち尽くして、通りのほうを眺めていた。ふと我に返り、店のほうに向き直る。

佐久良屋で働く男たちが、ぎょっとした顔でこちらを見ている。おるうと目が合うと、さっと顔を背ける者もいる。客とおぼしき男たちは逆に、興味津々といった様子で身を乗り出していた。

何となく、まずい。そんな気配を感じた。

背の高い男が乱暴に頭を掻《か》きながら、おるうのところまで出てきた。すらりと手足が長く、秀麗な顔立ちをしたその男は、燕七の腹違いの弟の柳造である。

柳造は、燕七ともよく似た顔をこれでもかというほどに歪《ゆが》めて、語気の強いささやき声でおるうに告げた。

「店の前に突っ立って、何していやがる？　客も来てんだ。粗相のないうちに、さっさと奥に戻れ」

柳造は、おるうを店の表から引き離し、奥へと追い込もうとする。強引というほどのやり方でないのは、人目があるからだろうか。

おるうは、奥へと続く土間の途中で立ち止まり、抵抗を試みた。

「し、しかし、わたくしは、燕七さまからは好きに過ごしてよいと言われておるゆえ、店の様子を見てみたくて……」

「だから何だ？　様子を見たかろうが何だろうが、店に出てくるやつがあるか。邪魔なんだよ。奥にすっこんでろ、山出し女」

「や、山出しだと？」

「いいか？　どこのど田舎から嫁いできたんだか知らねえが、この江戸ではな、佐久良屋ほどの身代の店じゃあ、女が表に出張るもんじゃねえんだ。店を仕切るのは男の仕事だ。茶汲《ちゃく》みだって、小僧や手代がやってらあ」

柳造は、おるうのすぐ後ろを指差した。振り向けば、おるうと同年配の若い手代が、茶を載せた盆を手に目を泳がせている。客に茶を運ぼうとしていたのに、おるうのせいで通れずにいたらしい。

「め、面目な……いえ、ごめんなさい」

おるうが場所を譲ると、手代はぺこりと頭を下げ、そのまま身を縮めるようにして離れていった。

柳造は鼻で笑った。

「なってねえな。偉そうな仏頂面で突っ立ったままで謝ったつもりかよ？　それとも何だ、あれこれ迷惑をかけて燕七の野郎の足を引っ張りたいって腹か？　そいつはありがとよ。あいつがしくじったら、俺がこの店の主《あるじ》になれるんだからな」

「さ、さようなつもりは……！」

口答えしようとしたところへ、女中のおすみが割って入った。

「申し訳ございません、柳造さま。おかみは皆さまのお役に立ちたいと力が入るあまり、ちょっと空回りしておりまして。さ、奥に戻りますよ」

おすみは、いかにも腰の低いお辞儀を繰り返しながら、おるうをぐいぐいと奥に押し込んだ。

奉公人たちのまなざしが痛い。

奥に引っ込んだら引っ込んだで、女中たちが遠巻きにして、ひそひそとしゃべっていた。おるうがそちらへ目を向けると、女中たちはさっといなくなってしまった。

三

女中頭のおふさは四十過ぎの年頃で、佐久良屋における奥向きの仕事を取り仕切っている。

きっちりと結われた髷《まげ》には、ちらほらと白いものが交じっている。化粧っけのない顔は、女中というより、厳しい手習いの師匠のような印象だ。

おるうが何となく感じ取っていた厳しさは、間違っていなかった。

柳造と揉《も》め事を起こした日の夕刻、店から一つ奥に入ったところにある部屋に呼び出され、きちんと向かい合って座らされ、お説教をされてしまったのだ。

「若おかみ、よくお聞きくださいまし。たとえ主一家に嫁入りしたおなごであっても、勝手に店にお出になってはなりません。柳造坊ちゃまがお怒りになるのももっともです。おなごが立ち入ってよいのは、ここ、このお部屋までございます」

おふさは「ここ」と言いながら畳を手で叩《たた》いた。八畳の広さがあり、床の間や袋棚が造りつけられた部屋である。襖《ふすま》の向こうは土間になっていて、店と奥を行き来する男たちは必ずそちらを通っている。

「このお部屋は、お客さまをもてなすための場でございます。こちらで商いのお話し合いもしますし、廻《まわ》り方の旦那《だんな》がお立ち寄りになったときも、こちらにお通しします。佐久良屋は、先の旦那さまの頃から、お上の探索のお手伝いを幾度もさせていただいていますからね」

廻り方の旦那というのは、町奉行所《まちぶぎょうしょ》の役人のことだ。武士でありながら、お城に勤めるのではなく、町人地での揉め事を治めるのが仕事である。武士としての格式は低い。旗本は町奉行所勤めの御家人を不浄役人などと呼んだりもする。

だが、町場ではずいぶん丁重に扱われているのだ。おふさが「廻り方の旦那」についで語る口調には、どことなく誇らしげな響きがある。

「若おかみ、聞いていらっしゃいますか？」

「は、はい」

おるうは慌てて返事をした。

いや、本当は、若おかみと呼ばれて応じるのは、おかしなことだ。この佐久良屋の主は燕七であり、おるうはその妻である。女中や奉公人は燕七を「旦那さま」、おるうを「おかみさん」と呼ぶべきだ。

しかしながら、その呼び方は徹底されていない。

佐久良屋の者たちは、一年と少し前に亡くなった先代の主、絢十郎のことを今でも「旦那さま」と呼ぶ。その妻であったおもんが「おかみさん」である。

呼び方ひとつで旗色がわかるものだ。おるうはこの数日、佐久良屋の者たちの話すのを聞いていて、気づいてしまった。

燕七のことを「旦那さま」と呼ぶ者がいない。燕七の肩を一応持つ者も「若旦那」と呼んでいるようだ。「燕七さま」、あるいは「燕七坊ちゃま」というのは、柳造に対するのと同じなので、燕七を佐久良屋の主と認めていないようにも受け取れる。

おるうは、むろん燕七の味方になるべきだ。そのために嫁いできたと言ってよい。だが、今のままでは、何の働きも果たせない。それどころか、どうやったら燕七の隣に立てるのかさえわからない。

「ええと、おふさどの」

おふさは眉《まゆ》をひそめた。

「どの？」

「いえ、おふさ、さんに尋ねたい。今、佐久良屋に奉公人は幾人おるのだ？」

「住み込みの男の奉公人は、手代と小僧を合わせて十六人、住み込みの女中は十人でございます。三人の番頭と、蔵番を兼ねた修理の職人、それからこのおふさは、奉公ではなく雇っていただいております。近所の長屋に部屋を借りて、毎日通ってきているんでございますよ」

おふさは、そんなことも知らないのかと言わんばかりの口調で、しかし丁寧に答えてくれた。

また、立場によって着ているものが違うのだ、ということも教えてくれた。男の奉公人には、藍染《あいぞ》めのお仕着せが配られている。住み込みの女中も、格子縞《こうしじま》の着物をお揃いであつらえてもらっている。通いの雇い人だけは自分で着物を買っているという。

女中の仕事は、主の家族と住み込みの奉公人のための食事作りや洗濯、「奥」と呼ばれる暮らしの場の掃除、日々の繕い物と季節ごとの衣替え、といったところだ。

「もっと身代の小さな商家では、おかみさんが奥向きの仕事を仕切るものですけど、佐久良屋ほどの店になれば、料理だの裁縫だのというのは女中の仕事でございます」

「では、わたくしは何をすればよいのだろう？」

おふさは、出来の悪い筆子に言って聞かせるお師匠さまのように、一語一語切りながら答えた。

「商家のおかみとしての心得だなんて、このあたしでは、お教えすることなんてできませんよ。あなたさまのお姑《しゅうとめ》さまに、お訊《き》きくださいませ」

「お姑さまに……」

つまり、おもんに聞けというのだ。

まさにそのとき、奥の勝手口のほうから「お帰りなさいませ」と女中が言うのが聞こえてきた。噂をすれば何とやら、おもんが出先から戻ってきたらしい。

「年が明けて半月も経つのに、今年の春は肌寒いこと。でも、ご覧。深川《ふかがわ》の村中屋《むらなかや》さんから枝垂れ梅をいただいてきたの。村中屋さんも律義だわよ。たちの悪い客に絡まれて難儀してるって聞いたんで訪ねていったのに、みやげまで持たせてくれて」

艶《つや》のある声で機嫌よくしゃべりながら、おもんが姿を現した。おるうとおふさがいるのを見て、目を見張る。

日本橋南の界隈《かいわい》でも指折りの、めっぽう美人の大年増《おおどしま》。おもんはそんなふうに呼ばれているらしい。もとは深川で小料理屋を切り盛りしていたという。

齢《とし》は四十五。おるうの母より年上だが、大きく抜いた衣紋《えもん》であるとか、目尻《めじり》にくっきりと引いた紅であるとか、色気を振りまく格好をしている。初めて見たときは、ぎょっとしてしまった。武家の女に、こんな婀娜《あだ》っぽい格好をした者はいない。

お帰りなさいませ、と、おふさが頭を下げる。おるうは会釈をした。

おもんは、今にも舌打ちをしそうな具合に顔を歪《ゆが》めた。そういう顔をすると、息子の柳造とそっくりになる。

「ちょいとあんた、ここで何をしてるのさ？　ここはね、お客さまをお通しするための部屋だよ。そこをおどき。床の間のお花を生け替えるんだから」

おもんは座敷に入ってきた。枝垂れ梅の枝をひと抱え、お付きの女中に持たせている。

床の間には大きな鉢があり、水仙の花と葉と何かの枝が飾られている。白い水仙の花びらがくたびれかけていることに、今さらながら、おるうは気がついた。

おふさが言った。

「おかみさん、ちょうどよい機会ですから、床の間のお花の生け方を若おかみにお教えになったらいかがでしょう？」

「どうしてあたしがそんなことしなくちゃいけないんだい？　あたしだって暇なわけじゃあないんだよ」

「ですが、先の旦那さまがおっしゃっておりましたんで。おかみが大おかみと呼ばれるようになる頃までに、燕七坊ちゃまか柳造坊ちゃまのお嫁さまに、佐久良屋のおかみとしてのあり方を伝えてほしい、と」

おもんは顔をしかめた。おるうを前にしたときとは違う表情だ。腹立たしくて顔をしかめたのではない。

泣きっ面を隠そうとするかのような顔だ。

ふん、と、おもんは鼻を鳴らした。

「旦那さまの枕元で、あたしも聞いてたわよ。まったく、燕七さんも嫁をもらうんだったら、もっとちゃきちゃきとして気働きのできる娘にすりゃあよかったのに」

おもんはじろりと睨《にら》みつけてくる。

とっさには、何も言い返せなかった。

「……申し訳ございませぬ」

「謝ってどうするんだい？　あんた、お花を生けることはできるの？」

「いいえ、きちんとは習うてきませなんだ。かように大きな鉢には、生けたことがありませぬ」

生け花は武家の女においても必須《ひっす》の素養だ。だが、実家は内証が苦しく、跡取りである弟にお金を回すため、おるうは習い事を続けられなかった。生け花やお茶は、じっと座っているのが苦手だったせいもあり、早いうちにやめたのだ。

おもんは大きなため息をついた。

「今日のところは、そこで見ときなさい。店同士の大事な付き合いの筋からいただいた枝垂れ梅なんだ。台無しにされちゃあたまらないからね」

おもんはきびきびと女中に命じて、庭から花や草を取ってこさせた。その間に、おふさが桶《おけ》や水、鋏《はさみ》などの支度を整える。

佐久良屋の女たちの手際のよさに圧倒されていると、またしてもおもんに嫌味ったらしい言葉をぶつけられてしまった。

「あんた、江戸育ちじゃあないんだったわね。どんな田舎から出てきたんだか知らないけれど、佐久良屋の嫁になったからには、身につけるべきはきちっと身につけてもらいますからね」

「は、はい。ご指南、よろしくお願い申し上げまする」

おもんはふんと鼻を鳴らして、生け花のいろはから説き始めた。

生け花にも、まるで剣術のように流派があり、徒弟の制があり、秘伝の技があることと、おもんがいわば免許皆伝の腕前であること。

ぽんぽんと小気味のいい早口で繰り出される話に、おるうは懸命についていこうとしたが、一度で頭に入るものでもない。そもそも、こんなふうにただ座って話を聞くというのが得意ではない。

おるうは、ついぼんやりしてしまった。目が遠くに泳いだのだろう。その途端、おもんの叱責《しっせき》が飛んできた。

「あたしの手元を見ていなさいと言っているの」

「も、申し訳ございませぬ……」

「謝ることしかできないのかい？　明日《あした》からあたしが、あんたに生け花を教えてあげるわ。佐久良屋の嫁ともあろう者が、お花の作法ひとつわかっていないだなんて、許しちゃおけないからね。まったく、手間をかけさせる嫁だこと」

艶《あで》やかに紅の引かれたおもんの唇は、忌々しげに歪んだまま、次々と小言を吐き出していく。

おるうは首をすくめ、体を縮めるようにして、おもんの小言を聞いていた。

四

「燕七さまが何を考えていらっしゃるのか、わたくしにはいささかもわからぬ。顔を合わせて話をしたことが、ほとんどない。燕七さまは一体、わたくしに何を望んでおいでなのか……」

この半月余りの間、幾度も繰り返した言葉をまたつぶやいて、おるうはうなだれた。

女中のおすみが、すかさず咎《とが》めてきた。

「お嬢さま、言葉遣い。いけませんよ、そんなに堅苦しい話し方のままでは。変に目立ってしまうでしょう？」

おるうの嫁入りの際、実家から唯一ついてくることを許されたのが、おすみである。気心の知れた女中であり、いざというときには頼もしい用心棒となる。上背があって体術に優れ、並みの男より力が強いのだ。

おすみの父は中間《ちゅうげん》で、母はおるうの乳母だった。おすみ自身はおるうより五つ年上で、ごく幼い頃から子守りとして三津瀬家に仕えていた。おるうと同い年の弟がおり、こちらはおるうの弟に付き従っている。

そつのないおすみは、おるうの嫁入りに伴って佐久良屋に入ったときから、言葉遣いも礼儀作法も身のこなしも、がらりと変えていた。武家仕えの女中上がりには、とても見えない。

おるうは膨れっ面で言い返した。

「今、この部屋にはそなたのほかに誰もおらぬのだ。言葉遣いがいかようなものでも、障りはあるまい」

「ありますとも。こうしてお部屋にこもっていらっしゃるときも、稽古《けいこ》だとお思いください。いついかなるときも気をつけて商家の女にふさわしい言葉遣いを覚え、佐久良屋に馴染《なじ》んでくださいませ」

おすみの顔立ちは浮世絵の美人画そのものだ。すっと細い弓なりの目に、小さな唇は両端がきゅっと上がっている。いつでも静かに微笑んでいるような顔つきだ。

一方、おるうは「巴御前《ともえごぜん》のような顔」と言われたためしが幾度かある。巴御前は、六百年以上も昔に生きていたとされる女武者だ。そんな昔の人の顔を見知っているわけでもないだろうが、要するに、勇ましい顔つきだとでも言いたいのだろう。

さして姿かたちに優れているほうでもない、と我ながら思っている。肌の白さだけはひそかに自信があったのだが、燕七のほうがひときわ色白だ。

真新しい着物に身を包んでいても、気分が晴れない。人形にされてしまったかのように感じている。

「近頃は散々だ」

「大おかみの生け花の稽古のことですか？」

「趣きだの風情だのと説かれても、ちっともわからぬ」

「お花も剣術と同じで、稽古を始めてすぐに身につくものではありませんよ。『百花式』と『後百花式』でしたよね。お手本の図集があると、大おかみがおっしゃっていました。旦那《だんな》さまにお願いして取り寄せていただいたらどうです？」

「燕七さまに？　しかし、着物も長持も文机《ふづくえ》も買っていただいたばかりだ。これ以上望むのは気が引ける」

「ですが、旦那さまからは、お嬢さまが新しい暮らしに馴染むために必要なものは何でも揃えるように、と言いつかっているんです。お花の稽古のために入り用の図集は、確かに安いものではありませんが、ぜいたくなどではないと思いますけれど」

おるうは頭を抱え、ため息をついた。

「覚えるべきことが多すぎる。うまく振る舞えぬ自分が嫌になる」

「投げ出してはいけません。とにかく頑張ってください。そういうお約束でしょう？　嫌気が差して務めを怠り、約束を反故《ほご》にするようであれば、旦那さまだって……」

おすみは、その先を声に出さず、口の動きだけで告げた。

三津瀬家を助けてくださらないでしょう、と。

おるうは思わず背筋を伸ばした。

そうだ。生け花の稽古がつらい、姑《しゅうとめ》の小言が鬱陶《うっとう》しいなどと弱音を吐いている場合ではない。おるうには、必ず果たさねばならない務めがある。そのために何もかもを捨てて佐久良屋に嫁いだのだ。

三津瀬家は知行一千石の旗本であり、おるうの父は御書院番組頭《ごしょいんばんくみがしら》を務めている。大身とまではいえないが、十分に格式の高い家柄だ。

であるならば、中間や小者を十分な人数揃えねばならない。お城への出仕の折もちょっとした外出でも、相応の乗物と出《い》で立ちと従者を立てねばならないのだ。

そのためには、むろん金がかかる。

のみならず、旗本というのは、人付き合いにおいてもしきたりが多い。祝い事があれば何がしかの品を贈るものだし、贈り物を受け取れば相応のお礼を用意するのが筋である。これもまた金がかかる。

おるうは、三津瀬家がどのくらい困窮していたのか、何両ほどの借金があったのかというのを、きちんとは知らない。

だが、父が出世争いに敗れたその日、三津瀬家に長らく仕えている用人が帳簿を抱えたまま真っ青になり、腰を抜かしたのを目撃した。

父は出世のために、かなり無理をして方々へ贈り物をしていたらしい。目的が果たされて俸禄《ほうろく》が増えれば、まだ何とかなったのだろう。だが、そうはならなかった。

殿、どうするおつもりですか、と用人は半泣きで訴えていた。

三津瀬家では、ずいぶん前から、格式に見合うだけの人数を家中に抱えることをやめている。従者が幾人も入り用なときは、そのときだけ人を雇う。そうすれば、常に召し抱えておくよりも、はるかに安上がりだ。

おるうも母もずっと、着物を新しく仕立てるのを控えていた。母はまた、嫁入り道具を少しずつ売ってもいた。嫡男である弟の玲司《れいじ》が元服を迎えるまでに、何とかして金を工面しておく必要があったのだ。

しかし、玲司の元服の前年、すなわち去年の二月に、父が出世争いに敗れた。さんざん賂《まいない》をつぎ込んだ工作が失敗に終わり、残ったのは借金だけである。

父は決断した。

「家宝の太刀を売る」

今より数えて四百数十年も前、南北朝《なんぼく》の戦乱の頃に備中青江《びっちゅうあおえ》で打たれたとされる宝刀である。

大きく磨《す》り上げられて、打たれた当時よりも一尺近く短く詰められ、貞次《さだつぐ》の銘は切り抜いて茎《なかご》に嵌《は》め込まれている。生《う》ぶのままのものに比べれば劣るものの、由緒があって値打ちの高い古刀には相違ない。

おるうにとって瑠璃羽丸は別格だが、二番目に好きな刀は家宝の太刀だ。掛け値なしに美しい。もう二度と見られなくなると思うと、涙が抑えきれないくらいに寂しかった。

ところがである。

父は決断の翌日、骨董商《こっとう》を呼びつけて奥の間の襖《ふすま》を閉め切り、長らく話し込んでいた。骨董商が帰るとすぐに、なぜだか、おるうが呼ばれた。

家宝の太刀がまだ床の間の刀掛けに鎮座しているのを見て、おるうは怪訝《けげん》に思った。何事においても白黒はっきりさせたがる父のこと、売ると決めたからには即座にあっさり手放すものと思っていたのだが。

「いかがいたしましたか、父上。お顔色が優れませぬが」

父は重々しく嘆息して、おるうに告げた。

「今後の進退についてはおぬし自身が決めよ」

「決める、とは？」

「先ほどまで、佐久良屋という骨董商が屋敷を訪れておった」

「はい。ずいぶん長らく話し込んでおいででしたね。やはり家宝の太刀をお売りになるおつもりで？」

「それが、ちと事情が変わってな。佐久良屋の羽振りのほどは知らぬが、旗本御用《ごよう》達《たし》であるからには、手堅い商いをする店であることは間違いない。その佐久良屋からの申し出なのだ。家宝の太刀か、娘か、選ぶようにと」

「は？　娘とは、わたくしのことにござりますか？」

父は、そのままくずおれてしまうのではないかと心配になるほど、ぐったりとしてうなずいた。

「先月、佐久良屋の先代の主《あるじ》が急死した。腹に腫物《はれもの》があったらしいのだ。ろくな遺言もなく、引き継ぎもできぬまま後を託された長男が、腹違いの弟ともうまくいかず、万事において難儀しておるらしい。先ほどまでここに来ておったのは、その長男だ」

「はあ」

「長男が言うには、父亡き今、早急に礎を固めねばならぬそうだ。ゆえに、父の喪が明け次第、すぐにも嫁いでくれる相手を探しておる。武家も商家も、そういうところは大差ないのだな。一人前と認められる手っ取り早い道は、妻をめとることだ」

そこまで言われれば、おるうにも理解できた。

「つまり、わたくしがその者のもとに嫁ぐことでその者を助け、代わりにいくらかのお金を工面してもらえる、という条件でございましょうか」

「さよう」

「どちらが、より値打ちがあるのです？」

「何？」

「わたくしが嫁ぐのと、家宝の太刀を売るのと、どちらがより高いお金になるのでございましょうか？」

父は絞り出すように言った。

「……おぬしが家を出て名を変え、佐久良屋にすべて尽くしてくれるのなら、姻戚《いんせき》となる三津瀬家には生涯にわたって援助をすると、燕七どのは申しておった……」

燕七という名を、そのとき初めて知らされた。

おるうは腹に力を込め、言った。

「よろしい。その条件、呑《の》みましょう。わたくしは、その佐久良屋の燕七とやらに嫁ぎます」

嫡男である弟がいる以上、おるうはどこかに嫁がねばならない身の上である。

嫁ぐ相手は武家のはずだった。親戚付き合いによって三津瀬家を守《も》り立ててくれそうな相手を選ぶつもりでいたが、先だっての父の失敗により、あてがなくなってしまった。

三津瀬家は今、はっきり言って落ち目だ。それでもよいから、と三津瀬家長女を妻に望む家はなかった。逆に、はるかに格下の武家から、足下を見たような縁談が届いたりなどした。むろん父は怒り心頭でその縁談を蹴《け》った。

ここに来て、ちゃんとお家のためになりそうな嫁ぎ先が見つかった。願ったり叶《かな》ったりではないか。たとえそれが武家でなく、家格云々《うんぬん》の埒外《らちがい》にある商家であったとしても、おるうはその縁談に飛びついたのだ。

「お嬢さま、こちらを」

おすみに差し出された本を、おるうは受け取った。

「これが先日、柳造どのが言っておった本か」

「ええ。丁稚《でっち》の小僧さんたちにも確かめてきました。この本を使って番頭さんから字を教わっているんだそうです」

その本の名は『商売往来《しょうばいおうらい》』という。商家の子供などが使う、手習いの教本である。

「凡《およ》そ商売に持ち扱う文字、員数、取り遣《や》りの日記、証文、注文、請け取り、質入れ、算用帳、目録、仕切りの覚えなり」

その一文から始まって、学ぶべき柱は四つ。商売に必要な言葉や文字、お金の種類、商いにおいて取り扱われる品々の一覧、そして商人の心得である。その四つの柱に沿って、商いの初歩として学ぶべき事柄が説かれている。

おるうが子供向けの教本を取り寄せたのは、柳造から遠慮のない嫌味を浴びせられたからだった。

「話し方、仕草、礼儀作法、着物の着こなしと、商家の女として何ひとつなっちゃいねえ。手習いを始めたばかりの七つの餓鬼のほうがまだ、商売のいろはってもんを知ってるぞ。丁稚の小僧から教えを受けてこい」

おるうはかちんときたが、言い返せなかった。柳造の言っていることのほうが正しいのだ。

しかし、柳造がおるうに対するときの顔つきと口ぶりは、いちいち意地が悪い。燕七としゃべるときも同じような態度なので、おるうへの意地悪は、燕七への嫌味のついでということだろう。

今に見ておれ、と、おるうは思った。それで、手習いに通う子供と同じように『商売往来』から始めることにしたのだ。

子供向けの本ならば、すぐに理解できるだろう。おるうはそんなふうに高を括《くく》っていた。ところが、見込みが甘かったと言わねばならない。

「のう、おすみよ」

「お嬢さま、もう少し柔らかい話し方をなさいませ。『のう』ではなく『ねえ』とおっしゃってください」

「……ねえ、おすみ」

「はい、何でしょう？」

「この『商売往来』は、ものの売り買いを身近に見知っておる子供らにとっては、商いのいろはを知るのに向いておるだろうが、わたくしはさような育ちをしておらぬ。困ったことに、書かれておることを思い描くこともできぬぞ」

「お嬢さま、言葉遣い」

「では、言葉遣いの教本を持ってまいれ」

「世話物の芝居の正本《しょうほん》でもお持ちしましょうか？　女形《おやま》の話し方を覚えてみてはいかがでしょう？」

「芝居、か」

思わず鼻に皺《しわ》が寄る。芝居や草双紙といったものを、父が毛嫌いしていたせいだ。絵空事にうつつを抜かすものではないと言って、小太刀術の師匠にもらった錦絵《にしきえ》を捨てられてしまったこともある。

あの錦絵は、世話物の芝居の役者絵だった。男女が対になった絵だったが、どんな演目だったのかはわからない。女のほうは、金でできた簪《かんざし》を何本も髪に挿していたから、花魁《おいらん》だったのではないか。男は紫色の鉢巻をしていたと思う。

おすみはなだめるように言った。

「大きな商家のおかみさんともなれば、女同士の付き合いで芝居見物に出掛けることもあるそうですよ。今までは馴染《なじ》みのないものでしたが、これからはたしなんでいきましょう」

「このわたくしが芝居小屋に赴くのか？」

「ええ、もちろん」

「右も左もわからず、恥をかいてしまいそうだ。耐えられぬ」

やはり、覚えるべきことも馴染むべきことも多すぎる。おるうは頭を抱えた。

そのときだ。

店のほうから怒鳴り声がした。次いで、がたん、という音。奥まったおるうの部屋まで聞こえてきたからには、よほど大きな声と音のはずだ。

「何だ？」

おるうはとっさに立ち上がった。おすみも同じだ。

「何事でしょうね？」

「嫌な感じがする。放ってはおけぬ」

おるうはとっさに小太刀形の木刀を手に取ると、部屋から飛び出した。

五

店の男たちが総立ちになっている。おるうは、奥から店へとつながる土間から、男たちの背中越しに表のほうを見やった。

表で怒鳴り散らす浪人がいる。

「奉公人のしつけがなってねえと言ってんだ！　俺さまの刀に触れておいて、ごめんなさいの一言で済ます気か？　ああ？」

浪人の前に座らされ、土埃《つちぼこり》まみれで頭を下げているのは、佐久良屋の手代だ。見覚えがある。先日おるうが店先に出て柳造に咎《とが》められたとき、客に茶を出そうとしていた、あの若い手代だ。

一方、刀がどうこうと怒鳴っているほうは、月代《さかやき》もぼさぼさの浪人である。大小差しているはずの刀は、短いほうの脇差《わきざし》が見当たらない。売るか質に入れるかしたのだろう。長いほうの刀を落とし差しにしているのが、いかにも柄が悪い。

浪人がまた怒鳴った。

「おい、この店は奉公人の不始末をほったらかしにするのか？　店の主《あるじ》は正しい詫《わ》びの仕方も知らんのか？」

あいにく燕七はいない。柳造やおもんの姿も見当たらない。帳場では古番頭の伊兵衛が身を強張《こわば》らせている。

おるうはふつふつと怒りが沸いてきた。

「無礼はどちらだ、痴《し》れ者め」

しかし、おるうは、店に足を踏み入れかけたところで足を止めた。

女が表に出張るものではない。おもんでさえ、床の間に花を生けたあの部屋から、帳場の番頭にひそひそと声を掛ける程度。奥と店のつなぎをつけるのは、丁稚の小僧たちの役目だ。そのくらい、佐久良屋ではきっちりと持ち場を分けている。

先日は何も知らなかったとはいえ、越えてはならない境を踏み越えてしまった。それがいかに恥ずかしい振る舞いであったか、だんだんわかってきたところだ。

しかし、である。

「おいこら、佐久良屋ぁ！　何とか言えってんだ！　てめえの店の奉公人が無礼を働きやがったってのに、だんまりか？　大店《おおだな》が聞いて呆《あき》れらあ！　やい、こいつがどうなってもいいんだな？」

浪人が手代をつかみ上げる。店の男たちがヒッと悲鳴を上げる。

おるうは店内を見回した。

表に面した店を男だけで回す理由の一つは、女が相手だと横暴に振る舞う客が少なからずいるからだ。

だが、たとえ男であっても、刀を持つ者があんなふうに怒鳴っていたら、きっと恐ろしかろう。佐久良屋の男は皆、町人である。武士には畏《おそ》れと敬いを持って接するよう、教わって生きてきた者たちだ。

であればこそ、武士は正しく優しくあらねばならない。町人に対しては慈しみを持ち、穏やかに接してやるべきではないか。

「あの浪人、武士の風上にも置けぬ」

商家のおかみらしく振る舞うにはどうすべきなのか、おるうにはわからない。だが、おとなしく怯《おび》えているなど、もう耐えられない。

おるうは、重たく引きずる着物の裾《すそ》を、腰紐《こしひも》でさっと端折《はしよ》った。木刀を握り直し、手の内の具合を確かめる。

土間を駆け抜け、おるうは表へ飛び出した。

「不逞《ふてい》な浪人め、言いがかりは控えよ！　我が店の奉公人がそなたに何をしたというのだ！」

一喝すると、浪人は胡乱《うろん》な目をおるうに向けた。

「何だ、てめえは？　てめえがこいつの代わりに殴られてえのか？」

「この者がそなたに何をしたのか答えよ、と問うておるのだ。言葉が通じぬのか？」

「ああ？　卑しい商人風情が俺さまに盾突くんじゃねえっつってんだよ！　どいつ

もこいつも俺さまに逆らいやがって！　くそおもしろくもねえ！」

ぷん、と酒精がにおった。ご公儀のお役に就けないばかりか、町場での仕事にもあぶれ、気分が腐って昼間から酒を浴びていたのだろう。

浪人が乱暴に手代を放り出した。土の上に転がされ、手代が呻《うめ》く。

人垣をつくった野次馬がざわめく。何度か殴られたらしい手代は鼻血を流し、実に無残なありさまだ。

浪人は乱杭歯《らんぐいば》を剝《む》き出しにして、手代に向かって吠《ほ》えた。

「もっと痛い目を見やがれ、ちくしょうめ！」

手代を踏みつけにしようと、浪人は脚を上げる。

おるうは流れるように踏み込み、木刀を突き出した。

「えいッ！」

浪人の軸足をしたたかに打つ。

「ぐぅッ！」

苦痛の声を上げた浪人の肩に、さらに一撃。

「はッ！」

浪人は足下が定まらず、すっ転んだ。

「な、何しやがんだ！」

「文句があるならば抜け。受けて立つぞ！」

「こ、このあま、手加減しておけば、つ、付け上がりやがって！」

おるうは木刀の切っ先を浪人の鼻面に突きつけた。

「抜きたくとも抜けまい。その刀、本身ではないな。いや、抜いてもかまわぬぞ。竹の刀というものを、皆にお披露目するがよい！」

野次馬がどよめいた。何だ竹光か、と嘲《あざけ》るような声が飛び交う。

狼狽《ろうばい》のためか羞恥《しゅうち》のためか、浪人の顔が赤黒く染まっていく。

「た、竹光などと、この俺さまを、こけにしやがって……！」

強がろうとする声が震えている。

「本身の刀と竹光では、重心の高さが違う。わたくしの見立てが間違っておると言うのなら、今すぐその刀を抜いてみせよ。目利きをして値打ちのほどを見極めてやろう」

金に困って刀を売ったり質に入れたりする武士は少なくない。おるうの父も家宝を手放そうとしたくちだ。

浪人はふらふらと立ち上がった。

「お、覚えていやがれ！」

捨て台詞《ぜりふ》を残して去ろうとする。

が、きびすを返して走りだし、わずか数歩で立ち止まった。

真正面から歩いてきた男が、おるうと同じように、小太刀形の木刀を手に構えていたのだ。

「燕七さま」

おるうは目を見張ってつぶやいた。

野次馬が沸いた。いよっ、と掛け声まで上がった。

「武士より武士らしい若旦那《わかだんな》！」

「いや、もう旦那だよ。若旦那じゃなくてさ」

「そうそう、佐久良屋の新しい旦那さまだ」

周囲からざわざわとそんな声が聞こえてくる。

奉公人の間に張り詰めていたものが緩んだ。古番頭の伊兵衛が表に転がり出てきた。

「わ、若旦那、いえ、旦那さま！　お戻りでしたか！」

燕七はちらりと伊兵衛を見やってうなずいたが、木刀の切っ先は、違《たが》わず浪人を狙い澄ましている。

「このところ、柄の悪い浪人がお店者《たなもの》を怒鳴りつける騒ぎが立て続けに起こっている、と聞いたばかりだったんですよ。酔いに任せて怒鳴り散らし、相手が弱腰と見ると、ゆすりやただ食いをするのだとか」

燕七の後ろから、十手を携えた目明かしが手下とともに駆けてくる。

浪人が再びきびすを返して逃げだそうとした。

「逃がすか！」

数歩ぶんの間合いを、燕七は瞬時に詰めた。浪人の肩口を後ろから打つ。がくりと体勢を崩しかけるも、浪人はなお逃げようとする。

おるうは浪人の真正面に飛び出した。

「どけ！」

怒鳴りながら殴りかかってくる浪人を躱《かわ》しざま、脚を木刀で打つ。

浪人は、もんどりうって転がった。

「御用だ！　今日という今日は赦《ゆる》さんぞ！」

目明かしが下っ引きとともに、浪人に飛びかかった。たちまちのうちに縛り上げる。

白昼の捕物劇に、野次馬からやんやの喝采《かっさい》が起こった。

「あ、あの、おかみさんっ」

呼ばれて振り向くと、浪人にいたぶられていた手代がきちんと座して、おるうを見上げている。土埃《つちぼこり》にまみれたままの格好だ。鼻血はざっと拭《ぬぐ》われていたが、殴られた頬は腫《は》れており、唇の端にも血をにじませている。

おるうは手ぬぐいを差し出した。

「傷の手当てを。放っておいては膿《う》んでしまい、病を引き起こすやもしれぬゆえ」

手代は、黒目がちの双眸《そうぼう》をきらきらさせている。ぱっちりとしたその目のためか、前髪を剃った男にしては、あどけなさを感じさせる。体の線も細い。

酔っぱらいの浪人も、だからこそ、この手代を鴨とみなしたのだろう。たまたま表にいたのが屈強な体つきの者だったら、言いがかりをつけてはこなかったはずだ。

手代は両手で押しいただくようにして、おるうの手ぬぐいを受け取った。今にも泣きだしそうな様子で、顔を真っ赤にしている。

「あ、ありがとうございます！　助けていただいたご恩は必ずお返しします。非力の身ではありますが、心から尽くさせていただきますので、困ったことがあれば、どうぞお申しつけください！」

おるうは少し笑った。

「何を大げさな」

つと、佐久良屋から出てきた男がいる。客とおぼしきその男は、おるうのほうを、じぃっと見つめている。白髪交じりの髷《まげ》はきっちりと結われており、羽織袴《はおりはかま》の小ぎれいな格好。二刀を差し、年若い小者を連れている。

おるうは、しまった、と思った。

あの人を知っている。父の同僚の屋敷に仕える用人で、たびたび三津瀬家を訪れていた。じかに言葉を交わしたことはないものの、会釈くらいはしていたし、顔も覚えている。確か、平倉何某《ひらくらなにがし》という者だ。

用人は違うことなくまっすぐに、おるうのほうへ向かってくる。

「もし、娘御よ。そなたの小太刀術、実に見事な腕前とお見受けする。そなたは、もしや番町《ばんちょう》の出ではござらぬか？」

気づかれている。

番町は千代田《ちよだ》のお城の西側にあって、古くから旗本の拝領屋敷が立ち並ぶところだ。かつて徳川《とくがわ》家によって幕府が開かれたばかりの頃には、西の大坂《おおさか》に豊臣《とよとみ》家がまだ存続していた。将軍を直接警固する大番《おおばん》筋の旗本が番町に屋敷を拝領したのも、西への備えのためだった。

三津瀬家も慶長《けいちょう》の頃から番町に屋敷を拝領している、というのが父のお家自慢の一つだった。それだけ古くから要職に就いていた、というわけだ。

おるうは血の気が引くのを感じた。正体を知られるわけにはいかない。が、何と言ってごまかせばよいのか。

すらりとした後ろ姿が、おるうと用人の間に割って入った。

燕七である。

「平倉さま、申し訳ございません。妻は江戸の育ちではございませんので、番町とおっしゃっても、何のことやら見当がつかず、こうしてすっかり困って、身を硬くしております」

ちらりと振り向く燕七の横顔は、相変わらず冷静だった。何を思っているのか、少しも読めない静かな表情。咎《とが》められたような気持ちになって、おるうは下を向いた。

平倉はまだ怪訝《けげん》そうな声を上げた。

「ふむ、失礼。よく似た面差しの娘御を存じておってな。その娘御も鮮やかに小太刀術を使ってのけるという噂を耳に入れておったので、もしやと思ってしもうたのだ」

「さようでございますか。小太刀術の使い手とは、手前も興味を惹《ひ》かれますね」

「おお、そうじゃ。小太刀術といえば、燕七どのも相当な使い手であるからな。佐久良屋の兄弟はどちらも、武士顔負けの腕前だとか。近頃は町人も体を鍛える世の中になってしもうたのかのう」

「町人の中で腕を鍛えている者はまれですよ。ただ、十手を預かる目明かしなどは、身を守る術《すべ》を知っておかねばなりません。ですから、源蔵《げんぞう》親分、あなたも剣術道場で稽古《けいこ》をつけてもらったりしているのでしょう？」

燕七は、目明かしに水を向けた。年の頃は三十半ばといったところだろうか。源蔵というらしい目明かしは、ずんぐりとした首をすくめるようにしてうなずいた。

「へい。手前ら町人にまで稽古をつけていただけるなんてぇのは、もったいねえ話でごぜえやすが」

平倉は鷹揚《おうよう》な態度でかぶりを振った。

「いや、立派なことだ。我ら武士が刀を帯びていようと、このような町場にはびこる悪までも、すべて成敗してやれるわけではないのだからな。代わりに、十手持ちのそなたらが稽古に励み、弱き者を守ってやるがよい」

平倉は、捕物を目にしたのが初めてなのだろう。関心がそちらに移った。縄を打った浪人を引っ立てるさまを、興味深そうに眺めている。

燕七がてきぱきと指図した。

「嶋吉《しまきち》、源蔵親分と一緒に自身番へ行って、ことの次第を話してきなさい」

「へい、かしこまりました」

嶋吉と呼ばれた手代は、しかし、勢いよく立ち上がった途端にがくりと体勢を崩した。足首を痛めていたようだ。下っ引きが飛んできて、すぐさま肩を貸す。

源蔵が燕七に告げた。

「自身番のすぐ裏に医者が住んでいやすんで、呼んできまさあ。嶋吉さんの怪我を診てもらいやしょう」

「助かります。薬代は後ほど番頭に持たせます」

燕七はそこまで言って、ようやくおるうのほうを振り向いた。

「では、参りましょうか」

まるでこれから出掛けることを約束していたかのような口ぶりである。しかし、おるうには心当たりがない。どちらへ、と問おうとしたが、燕七がまた思いがけないことをした。袂《たもと》から頭巾《ずきん》を取り出し、おるうの頭にすっぽりとかぶせたのだ。

「男物ですが、我慢してください。おまえさまのきれいな顔をあまり人に見られたくないのでね」

燕七の言葉に、おお、と野次馬が沸いた。

おるうの頰が熱くなる。いきなり人前で甘い言葉を吐くなど、一体何を考えているのだろう？　そんな戯言《ざれごと》に甘んじては、はしたない女だと見られはしないだろうか？

こちらへ、と言って燕七は歩きだした。

成り行きを見守っていたらしいおすみが、店からぱっと出てきた。おるうの手から木刀を奪い、軽く背を押して促す。

「さあ、お嬢さま、参りますよ」

「し、しかし、どこへ？」

「存じません。でも、このままここにいては大変なことになるでしょう。目立ちすぎです。里中《さとなか》家ご用人の平倉さまにも疑われてしまいました。ほら、頭巾を深くかぶって顔を隠してください」

なるほど、と理解した。燕七はわけもなく戯言を吐いたわけではなかったのだ。

おるうの素性をごまかすため、人に見せたくないなどと言って顔を隠させた。

燕七が数歩先で足を止め、おるうを待っている。

おるうは、おすみに付き添われて、野次馬が人垣をつくる中を歩きだした。

六

日本橋界隈《かいわい》の人の多さに圧倒されながら、先を行く燕七の背中を追いかける。おすみが遅れずついてくる。

角を三つ曲がり、橋を一つ渡った。そこで燕七は、木戸をくぐって細い路地に入った。表店《おもてだな》と裏長屋の間に、小料理屋の看板が掲げられている。

「鶏口亭《けいこうてい》？」

おるうが読み上げると、燕七はうなずいて暖簾《のれん》をくぐった。おるうとおすみも続く。

店内は暖かかった。食事の時分ではないが、煮物のふんわりとした匂いが鼻をくすぐる。客の姿はないようだ。

台所に立っているのは、二十いくつかといった年頃の男だった。愛嬌《あいきょう》のある丸顔た。燕七に会釈した後、おるうと目が合うや、男は手にしていた菜箸《さいばし》を取り落とした。

「ええっ、ちょっと、燕七《えんし》っつぁん！　嫁さん連れてきたの！」

「いきなりすみません。急いで手を打ちたいことが出来《しゅったい》したので。不二之助《ふじのすけ》さんは？」

「いつものとおり、奥の小上がりで寝てるよ。不二さんだけでいいのかい？」

「今日のところは。さあ、おるうさま、奥へ」

燕七は勝手知ったる様子で、きれいに並べられた床几《しょうぎ》の間を進んでいく。奥の小上がりは衝立《ついたて》で仕切られ、おるうのところからは見えない。

台所の男は、煮炊きの湯気越しに、にっと笑った。

「遅ればせながら、いらっしゃい。俺は直彦《なおひこ》っていって、燕七っつぁんの友達だ。この鶏口亭の主《あるじ》だよ。燕七っつぁんときたら、仕事仕事で外に出てばっかりで、なかなか顔を合わせる暇《いとま》もないでしょ？」

「え、ええ」

「困ったもんだよねえ。おるうさんっていうんだっけ？　急に江戸に出てくることになって、しかも佐久良屋みたいに羽振りのいい店のおかみさんになるだなんて、大変だね。俺らでよけりゃ力になるんで、いつでも訪ねておいで」

「はあ」

「あっ、俺らってのは、この鶏口亭にたむろしてる仲間のこと。今は奥の小上がりに不二さんが……読売屋の不二之助がいるだけなんだけど」

早口でぽんぽんと話しかけてくる直彦に、おるうは黙ってあいづちを打つばかりだった。

いかにも気のよさそうな人だ。燕七がこんな人と付き合いがあるとは、思い描いてもみなかった。

直彦は幼顔だが、話す口ぶりから察するに、燕七より年上だろう。と考えていたら、直彦が答えを出してくれた。

「俺や不二さんは同い年の幼馴染《おさななじ》みで、今年二十八だ。燕七っつぁんから見れば、手習所の先達さ。ちょいと有名な先生が仕切ってる手習所でね、賢い子が遠くからも通ってきてたんだけど、燕七っつぁんはその中でもとびっきりの秀才、もはや神童だった」

燕七が直彦のほうを振り向いて言った。

「昔話ですよ。神童だなんて」

その声音と顔つきの柔らかさに、おるうは目を見張った。おるうに見せる顔とはまるで違う。

奥の小上がりのところへ歩を進めると、痩《や》せ肉《じし》の男がのそりと身を起こした。頭にくしゃりと巻きつけた手ぬぐいが目元まで覆いかぶさっている。

直彦が台所から声を張り上げて告げた。

「その怪しげな猫背の兄さんが、不二さんだよ！　何だか猫みたいな変わり者だけど、いいやつだから！」

不二之助の薄い唇が、三日月の形になった。微笑んだのだ。

「そう、変わり者だけど、いいやつなんだ。力になるよ。おもしろい話を聞かせてもらえるんなら、ね」

美しい声だ。ささやくような声音だったにもかかわらず、ぴんと張った箏《こと》の弦に触れたかのように、心地よく耳に響いた。

燕七は小上がりに腰掛け、さっそく切り出した。

「妻のことを読売に書いてほしい。つながりのある他の版元にも噂をばらまいてくれませんか？」

「へえ、それはどういう意味だい？　ああ、おるうさんとおすみさんもこちらにお座りよ。むさくるしいところだが、変な虫なんか出ないからさ」

むさくるしくて悪かったな、と直彦が合いの手を入れる。

おるうは言われたとおりに小上がりに座しながら、不二之助に問うた。

「わたくしどもの名をご存じなのですね」

「むろん知っているとも。初恋騒動以来ずっと女っ気のなかった友達が急に、妻をめとる、なんて言いだしたんだぜ。つい気になって、根掘り葉掘り尋ねちまうのも道理だろう？」

燕七はごまかすように咳払《せきばら》いをして、不二之助に言った。

「前に不二之助さんに教えたとおり、妻は、とある宿場を治める郷士の家の出なんです。少しわけがあって、詳しい素性は明かせません。祝言を形だけのものにしたのも、妻の顔をあまり知られるわけにいかないからです」

「さもありなん。燕七っつぁんのほうだって、親父さんの葬式からようやく一年経ったばっかりだ。盛大な祝言は、まだやりづらかっただろう」

「ええ。葬式は去年の正月三が日でしたからね」

武家の場合、父母を亡くしたときの服喪は十三か月と決まっている。去年は閏月《うるうづき》が入って十三か月だった。町人においては服喪の定めなどないはずだが、佐久良屋は武家とも付き合いの多い店だ。それもあって、体面を気にしているのだろう。

「喪が明けて、満を持して、おかみと呼ばれるべき人を迎えて足場を固めたというわけだ。犬猿の仲の弟も、これでちょっとはおとなしくなるだろう。近いうちに跡取りが生まれれば完璧《かんぺき》だね」

「跡取りなど、まだ先のことですよ。そもそも、父の不始末を治めて回るので、今は手一杯なんです」

「またそんな言い方をして。親父さんのしてきたことは、不始末だけじゃないでしょうに。取り引きがあまりに手広いんで、引き継ぎだけでも大変なんだろう？」

「一年かけてもこのありさまです。番頭たちも奉公人も日和見《ひよりみ》をする者ばかりで、俺にとって風向きがよいとも言えません。佐久良屋の長男は俺ですが、柳造のほうが主向きだと支持する者もいるんです」

「やり手のおもんさんも、燕七っつぁんにとっては義理の母親だけど、弟御にとっては実の母。そのへんの事情もあるのかな」

「母とはうまくやっているつもりですが」

「世間にとっては、人と人の間に波風が立ってるほうがおもしろいのさ。奉公人も、そうなのかもね。佐久良屋の代替わりがすんなりいくんじゃつまらない。男前の兄弟がいがみ合ってるぞ、勝つのはどっちだ、と囃《はや》し立てて楽しみたいわけだ」

「せめて奉公人には、佐久良屋の平穏を願ってほしいものですよ」

おるうは意外に思っていた。燕七がこんなにしゃべる人だと知らなかったのだ。

不二之助はよほど気の置けない相手なのか。

それに、燕七は先ほどから「俺」と言っている。おるうと話すときは、へりくだった様子で「手前」と言うのに。

不二之助はゆったりとした調子で燕七に説いた。

「人心掌握ってのは難しい。何しろ、燕七っつぁんはせっかちなところがあるからねえ。大抵の人は燕七っつぁんほど頭の巡りが速くないんだ。燕七っつぁんから見れば、だらだらしているように感じられるかもしれないが、ちょいと手加減してやりなよ」

「そうなんでしょうか？」

「そうなんですよ。とはいえ、燕七っつぁんは頭の巡りが速いのに、どうも不器用でもあるよなあ。妙に間が悪かったり、厄介事を引き寄せやすかったりもする。ま、いつものとおりだ。この不二さんが手助けしてやろう」

「ありがとうございます」

「要するに、おるうさんの素性について、真贋《しんがん》入り交じったおもしろおかしい噂話をばらまけばいいんだろう？　真実が何なのか、すっかり覆い隠されてしまうくらいの噂話を」

「はい。お願いできますか？」

燕七の頼みに、不二之助は唇を三日月形にして微笑んでみせた。

「承知した。任せておきなよ」

七

読売屋というのは、江戸の町に起こった騒ぎの顚末《てんまつ》や噂話の真相などを書いた瓦《かわら》版《ばん》を売り歩く者のことだ。

中にはご公儀の政について、ちくりと尖《とが》ったことを書き立てる者もいる。そうしたきわどい瓦版は、ご公儀の目を避けるべく、夜に売り歩くらしい。手ぬぐいや笠《かさ》をかぶって顔を隠しもする。

その晩、おるうは不二之助の声を聞いた。瓦版に刷った噂話を、節回しをつけて歌い上げている。あの不思議に美しい声は、遠くまでよく響くようだ。

奉公人が連れ立って、不二之助の瓦版を買いに出ていった。

「不二之助どのはどんな瓦版を書いたのだろう？」

おるうは気になったが、おすみに引き留められた。

「もう寝る支度を済ませたというのに、お部屋から出てはなりません。瓦版は、わたしが買って調べておきますので」

不承不承、おるうは部屋で横になった。

相変わらず一人である。

鶏口亭から帰った後も、昼間の大立ち回りのせいで、奉公人からは遠巻きにされた。若おかみは怪しい、一体何者なのだ、と聞こえよがしにささやかれもした。

唯一、嶋吉だけはぱっと目を輝かせて、お帰りなさいませと言ってくれた。頬を腫《は》らしているのが痛々しかったが、足のほうは筋を軽くひねった程度で、痛みも落ち着いてきたらしい。

「わたくしはただでさえ怪しまれ、疎まれておるというのに、いっそう奇妙な噂話などばらまかれたら、どうなってしまうのだろう？」

燕七との夫婦《めおと》暮らしがうまくいかなかったら、実家が困る。元服したばかりの弟が困るのだ。そんな事態だけは何としても避けねばならない。

おるうは不安を抱えて悶々《もんもん》としながらも、やはり気を張って疲れていたらしい。だんだんまぶたが重くなってきて、眠りに落ちた。

翌朝である。

朝餉《あさげ》のときから女中たちの様子が変だった。何より、おふさが燕七に小言をぶつけていたのだ。

「燕七坊ちゃまは昔から本音をおっしゃらないお子さまでしたが、さすがに、こたびはいけませんよ。不二之助さんの瓦版は本当のことが書かれていると評判でございます。でしたら、せめて朝餉くらいご一緒に召し上がってくださいまし」

おすみが瓦版を持ってきた。もともとの顔立ちのせいだけではなく、明らかに、口元が笑っている。

「ご覧ください。佐久良屋の旦那《だんな》さまが新妻を人目に触れさせぬわけは、いとおしさのあまり閉じ込めておきたいからだ、と書かれております」

「な、何だと？　そんなこと、嘘八百ではないか！」

「奉公人はおもしろがっていますよ。『昨日、旦那さまがおかみさんに優しく頭巾《ずきん》をかぶせてやるところを見たが、やはりそれが本心だったのだ』なんて言って」

「あ、あれも違う！　そういう意味ではなかったはずだ」

「ですが、今の流れに乗ってしまうほうが、ことがうまく運ぶでしょう。さあ、お嬢さま、旦那さまとご一緒に朝餉を」

燕七と目が合った。気まずい。おるうは頭を下げ、そのまま目をそらした。

咳払《せきばら》いをした燕七が、おふさに告げた。

「今朝は暇がない。父の部屋で急ぎ調べねばならないことがある。握り飯をこしらえて、そちらに運んでくれ」

「燕七坊ちゃま！」

「今宵《こよい》は宴《うたげ》に招かれている。夕餉はいらない」

言うだけ言って、燕七はさっさと、亡き父絢十郎の部屋に引っ込んでしまった。

部屋は、絢十郎が生きていた頃のまま、日記や手紙、書付など、さまざまな類《たぐい》の記録で雑然としているらしい。字を読むのも帳簿をつけるのも得意な燕七が、部屋の整理を一手に担っている。

絢十郎の部屋にこもられると、誰も燕七に声を掛けられない。

燕七に逃げられてしまった奉公人たちが、ちらちらとおるうのほうを気にしている。昨日までとは違った感じの興味を向けられている。おすみまで、おもしろがる様子で、にんまりと笑いかけてくる。

これはこれで、実に居心地が悪い。

不二之助の瓦版が出回ったのを皮切りに、数日にわたって、さまざまな瓦版に「佐久良屋のおかみ」のことが載った。屋号をそのまま載せているわけではないが、何となくわかるように書かれているのだ。

おかみの素性については、しっちゃかめっちゃかだった。

燕七が店の奉公人や不二之助に信じ込ませている嘘、すなわち宿場の郷士の娘というのは、まだおとなしいほうだ。

いつぞやの火事で焼け出されて行方がわからなくなっていた何々屋の娘だとか、どこぞの藩主の庶子だとか、長崎の豪商の娘だとか、出島《でじま》の異人の娘だとか、巷《ちまた》を騒がす義賊流星党《りゅうせいとう》の一員だとか、佐久良屋に助けられた狐が恩返しのために人の姿になって嫁いできたのだとか。

中には旗本の娘だという噂も交じっていたようだが、一蹴《いっしゅう》された。尾ひれのついたほかの噂に比べて、まったくもっておもしろくないからだ。

そして、ほぼすべての瓦版に共通して書かれているのが、例の嘘八百である。

「佐久良屋の旦那はかわいい新妻に悪い虫がつかぬよう、せいぜい大事に隠している。わけありであるのは前述のとおりなので、噂好きの江戸雀は近寄らせてもらえない。ひっそりと祝言を挙げたのも、そういう事情だったのだ」

燕七は近頃、夕餉に間に合うように帰ってくるようになった。得意先で気を遣われてしまうのだという。

「どこへ行っても、瓦版に書かれた噂話について、つっつき回されるんです。仕事になりません。挙句に、かわいい嫁さんのところへ早く帰ってやれと冷やかされ、早々に追い払われてしまうんです」

とはいえ、夕餉の前に帰ってきたとしても、燕七はすぐに自分の部屋や絢十郎の部屋にこもってしまう。おるうは結局、一人で夕餉を食べてばかりだ。

瓦版を読んで、佐久良屋の若き主《あるじ》が祝言を挙げたのを初めて知った、という人からの贈り物が舞い込んできたりもする。中には、佐久良屋の主の新妻が狐であると信じた者もいたようだ。

「今日の夕餉の献立は、白いご飯と、油揚げと青菜の煮びたし、油揚げの味噌汁《みそしる》、炒《い》りおからの油揚げ包みですよ。狐のおかみさんに召し上がってもらいたいと、目明かしの源蔵親分が持ってきてくださったそうです」

おすみが笑いをこらえながら言った。

「源蔵親分はわたくしが狐であると信じたのだろうか？」

「さあ、どうでしょう？　お嬢さまの素性をめぐってごちゃごちゃしてしまうくらいなら、狐ということにしておくほうが町が平穏だって意味かもしれませんよ」

油揚げは香ばしく、ふっくらと甘かった。

「狐か」

だとするなら、もっと上手に化けたいものだ。

裏の路地のほうから、声のよい読売屋の唄《うた》が聞こえてきた。

第二話　お師匠さまの教え

一

　おるうの素性に関する噂話が一斉にばらまかれたおかげで、それから数日の間、佐久良屋に客が押し寄せることとなった。

「もともと先代の主、絢十郎さんにはずいぶん世話になっていたからね。惜しい人を亡くしたものだよ。残念だ。その後、佐久良屋さんがどうしているのか、気になっちゃいたんだがね」

　そんなふうに語る客も少なくなかったようだ。世話好きな伊達男《だておとこ》の絢十郎は顔が広く、日本橋の商家のみならず、お城勤めの武家の間でも名が知られていた。

　その絢十郎が突然の病に倒れ、見る間に儚《はかな》くなってしまってから、一年余りが過ぎた。代替わりした佐久良屋から何となく足が遠のいていたところへ、おるうをめぐる噂話である。

新しい主となった燕七の妻とは、一体どんなおなごなのか。

骨董《こっとう》品のことはそっちのけで、おかみさんの顔を拝ませてもらいに来た、と言ってのける野次馬も多かったという。

むろん、おるうは店に出ていない。客あしらいにうんざりした柳造がわざわざ聞かせてくれたのだ。

「世間さまは燕七の野郎を佐久良屋の主だ、新しい旦那だと持てはやしていやがる。嫁を取って一人前になった、とな。その嫁がこんなにも不出来だとは、誰も思っちゃいねえようだが」

苛立《いらだ》った柳造に愚痴を叩《たた》きつけられるのにも、おるうはだんだん慣れてきた。

「柳造どのはいつも不安なのですね。燕七さまが一人前になってしまえば、己の居場所が佐久良屋からなくなるのではないか、と。だから燕七さまを追い落としたいのでしょう?」

「しゃらくせえ。勝手なことをほざいてんじゃねえよ」

柳造の顔立ちは燕七とよく似ているし、おもんの面影もある。どちらにしろ整った容貌《ようぼう》なのだが、時折、妙に子供っぽく見えてしまう。

よく動く眉《まゆ》のせいだろう、と、おるうは気がついた。殊におるうに愚痴をぶつけるときなど、くっきりと形のよい眉が実によく上がり下がりする。小憎らしい百面相ぶりは、手習所に通う年頃の悪童のようだ。

そんな発見をしてから、おるうは柳造が少しも怖くなくなった。鬱陶《うっとう》しいのは相変わらずだが。

野次馬根性の客のあしらいにおいては、当然のことながら、燕七が最も苦労しているらしかった。ここ数日は得意先へ出掛けることもままならず、佐久良屋の店先で応対に追われている。

おかげで、おるうが燕七と話をする機会も増えた。いつでも冷静で、表情ひとつ変えない人だと思っていたが、そういうわけでもないらしい。

近頃はげんなりしておいでだ、と、おるうは見分けることができるようになってきた。

「おるうさまは決して、決して、表に出ないでください。野次馬や読売屋が何をしでかすかわかりません。まったく、読売屋というのは困ったものです。たちの悪い者も少なくありません」

「不二之助どのも読売屋でござりしょう。そのような言い方をするものでもありますまい」

燕七はかぶりを振った。

「あの人こそ、たちの悪い読売屋ですよ。手前が頼んだのは真偽の定かではない噂話をばらまくことだったんです。それが、新妻かわいさのために奥に押し込めているなどと、商いの障りになる余計な尾ひれをつけてくれるとは……！」

燕七は眉間《みけん》に皺《しわ》を刻んでいる。

やはりそこには触れられたくないのだろう。寝所をともにしようともしないのだ。それくらいおるうを避けているのに、方便とはいえ、愛妻家などと評判を立てられてしまった。

燕七の苛立ちの原因は、つまるところ、おるうなのだ。

「いずれにせよ、相わかり申した。わたくしは店には出ませぬ。このあたりには不案内ゆえ、一人で出歩くこともいたしませぬので、ご安心くださりませ」

一礼して、逃げるように部屋に引っ込んだ。

おるうの部屋は、佐久良屋の奥の中でも最奥にある。

佐久良屋の店は、東側が通りに面している。店の間口は四間で、土間伝いに奥に入ると、母屋につながっている。

母屋は、台所のところで南に折れて鉤《かぎ》形になっている。仏間、先の主《あるじ》である絢十郎の部屋、おもんの部屋、柳造の部屋が板張りの広縁でつながっており、その並びのいちばん奥が燕七の部屋だ。

おるうの部屋は、もとは離れであったらしい。燕七の部屋のそばから短い廊下でつながっているが、二階建ての母屋と違って平屋の造りだ。

二階では、男女合わせて二十人以上の奉公人が暮らしている。おるうは階段を上がったこともないが、おすみが言うには、女部屋が三つ、男部屋が四つと、物置部屋が二つあるそうだ。

そういえば、おるうの部屋に二階部分がないことについても、おもんから、ちくりと言われたことがある。

「天井からの物音に悩まされずに済むなんて、いいご身分だねえ。手代や小僧、女中も二階で寝起きしてるんだ。二階の連中にとっちゃ、ただ歩いてるだけでも、真下に音が響いちまうもんなんだよ」

おるうに言っても詮《せん》無いことだが、かといって、奉公人や女中にじかに告げるでもない。

どうやら、おもんは、おるうの前では常に不機嫌な顔を保って口うるさくしていたいらしかった。お花の稽古《けいこ》のときもそうだが、ちくちく、ねちねちと、わざわざ嫌らしい口ぶりで小言をさえずり続ける。

おるうが佐久良屋で暮らし始めて、そろそろひと月になる。

不安は、いまだに尽きない。

「この家は広すぎる。知らない場所、入ったことのないところばかりだ。二階も、台所も、燕七さまの部屋も。それに、わたくしはまことにこの部屋におってよいのか……」

自分の部屋から母屋を眺めやって、おるうはため息をついた。ため息がすっかり癖になっている。

裏庭に大きな蔵がある。とりわけ値の張る商いの品や、これまでおこなってきた取り引きの証文などが収められているらしい。

また、壊れたところのある品を直すための作業場としても、蔵を使っている。毎日、蔵番と骨董品の修理のために通ってくる職人は、勝吉《かつきち》という五十絡みの無口な男だ。

その勝吉が初めておるうと話をしてくれたのは、猫がきっかけだった。蔵をねぐらにする猫がいるのだ。

手持ち無沙汰《ぶさた》のおるうが、勝吉の仕事ぶりを遠目に眺めていたときである。一匹の小柄な猫がおるうのそばに寄ってきて、かまってくれてもいいのだぞ、と言わんばかりに口を開いてみせた。

「にゃああん」

猫はおるうの隣にちょこんと座って、そっぽを向いていた。ただし、尻尾《しっぽ》だけはおるうのほうにくっついている。

勝吉が、ほう、と目を見張った。

「気難しい七夜《ななよ》が、若おかみに懐いとる。雄のくせに女嫌いかと思っとったら、そうでもなかったのか」

「七夜？」

猫の顔をのぞき込めば、向かって右半分が白く、左半分が黒い。体も、毛足の長い尻尾までもがそんなふうだ。

「七日の夜に空に昇る右半分の半月にちなんで、七夜でごぜえます。先の旦那《だんな》さまがそう名づけなすった。七夜がすり寄っていく相手なんざ、めったにいねえんだが」

「そうなのか」

「へい。先の旦那さまのほかに、燕七坊ちゃまの友達の読売屋には、なぜだか懐いていやすがね」

読売屋というのは、不二之助のことだろう。あの人自身が猫みたいだから猫に好かれるのだろう、と、おるうは当てずっぽうに考えた。

そっと頭を撫《な》でてやると、七夜は目を細めて喉《のど》を鳴らした。自分から首筋のあたりをおるうの手にこすりつけてくるので、そのあたりもわしわしと撫でてやる。

つやつやした毛並みは手ざわりがよい。おるうは思わず口元を緩めた。

「かわいいな」

胸につっかえているものが、ほんの少し軽くなった。

それ以来、七夜は、おるうが暇を持て余していると、どこからともなく姿を現すようになった。いつもつんとした顔で、黄金色の目をおるうに向けてはくれないのだが、その取り澄ました姿がまたかわいらしい。

勝吉が七夜を「気難しい」と言ったとおり、確かに人を選り好《え》みするようだ。餌を与えてくれる女中にも、さわらせることはない。小僧は嫌いで、声が聞こえただけでも逃げていってしまう。その反面、七夜のことをかまおうとしない大人の男とは、一緒に日なたぼっこをすることがある。

七夜は、少年と大人の男の違いをどのあたりで見分けているのだろうか。

手代の嶋吉の声がした。

「おかみさん、どちらにいらっしゃいますか？」

その声が聞こえた途端、七夜はぱっと立ち上がり、不満げに一声鳴いて身を翻した。

「逃げてしまった。嶋吉は前髪のない大人の男のはずだが、七夜から見れば、まだまだひよっこなのか？」

おるうは、床下に飛び込んだ白黒の後ろ姿に苦笑した。

ちょうど入れ替わりになるように、嶋吉がきょろきょろしながら裏庭に出てきた。おるうが日なたにいるのを見つけ、ぱっと顔を明るくする。

「こちらにいらっしゃったんですね」

「七夜と遊んでいた」

「あっ、では、あたしのせいで七夜が逃げてしまったんじゃないですか？」

「仕方あるまい。七夜は、あまり人に懐かぬようだから」

「も、申し訳ありません」

嶋吉はうなだれた。細身の嶋吉がしゅんとしていると、なるほど、いまだ頼りなげな少年に見えてしまう。嶋吉はおるうより一つ年下の十八で、八つの頃から佐久良屋に住み込んで奉公しているという。

おるうは明るい声をつくって嶋吉に問うた。

「七夜はいつから佐久良屋におるのだ？」

嶋吉は顔を上げ、おずおずと微笑んで答えた。

「三年ほど前からです。七夜も優れたお店者《たなもの》なんですよ。鼠を退治してくれるんです」

「鼠？」

「大事な品物をかじって駄目にしてしまうから、骨董《こっとう》商にとって鼠は天敵です。七夜は、先の旦那さま……大旦那《おおだんな》さまが連れてきたんですよ。その頃、七夜はまだ子猫でしたが、大旦那さまは『親に似て見事な猟師なのだ』とおっしゃって」

「鼠を狩ってくれるということか」

「はい。値打ち物の掛軸を立て続けにかじられて、奉公人が皆で躍起になって鼠をとらえようとしていたんです。罠《わな》を仕掛けても、てんで駄目。ところが、七夜の手にかかると、あっという間でしたね」

子猫の七夜は、子供が手習いの試験の出来を見せびらかすかのように、夜のうちにとらえた鼠を毎朝、店の土間にきれいに並べていた。悲鳴を上げる女中や小僧もいたが、絢十郎は悠々として、得意げな七夜を誉めてやったのだとか。

七夜が居着いて以来、佐久良屋は鼠に困らされることがなくなった。だんだんと猫らしくふてぶてしくなった七夜は、鼠をとらえても見せびらかしてこなくなったので、奉公人たちは胸をなでおろした。

「なるほど、そういうことだったのか」

「あたしは猫が好きですから、七夜の姿をたまに見ると嬉《うれ》しくなります。大おかみは、そうでもないみたいですけどね。着物を毛だらけにされるから嫌だ、と」

大おかみというのは、おもんのことだ。先の主の妻なのだから、大おかみと呼ぶのが正しい。それにしたがって、絢十郎のことも大旦那と呼んだりしている。

今のところ、こんな呼び方をするのは、おすみを除けば嶋吉だけだ。おるうの味方だと表明するためだが、まわりと違う振る舞いをするのは、どれほど勇気のいることだろうか。手代の間でのけ者にされてはいないかと、おるうは心配してしまう。

あっそうだ、と嶋吉は膝《ひざ》を打った。

「こちらをお届けに来たんです。おかみさん、店でどんなものを取り扱っているのか知りたいとおっしゃっていたでしょう？　だから、番頭さんからも許しを得て、店に出ているものをすべてここに書き写してきました」

嶋吉が差し出してくれる紙を受け取る。

ほっそりとした、思いのほかきれいな手蹟《しゅせき》である。紙に折り目をつけて罫線《けいせん》代わりにし、そこにきっちりと字を収めている。丁寧な仕事ぶりだ。

「墨絵の掛軸、これは唐物《からもの》、明《みん》の頃の四君子の画、軸装のみ新し、類似の品三幅あり。陶器、これは有田《ありた》、金継ぎしたるもなお上等。書、これは『蘭亭序《らんていじょ》』の掛軸、隷書にて書かれたり、石川丈山《いしかわじょうざん》の署名あり、真筆か」

おるうが読み上げると、みるみるうちに嶋吉の顔が赤くなってしまった。

「あの、もっときちんと品目ごとに分けて書いたほうがよかったかとは思うんですが、何ぶん急ぎで作ったもので……」

「ありがとう。これで十分だ。手間がかかったろう？」

「あ、いえ、手間はそれほど。実は、丁稚《でっち》の小僧たちに教えながら書き取っていったので一挙両得といいますか、あたし自身の学びにもなったので一挙三得といいますか……ああっ、ええと、おかみさんのことをついでにしたわけではなくて！」

しどろもどろになる嶋吉に、おるうはまた、くすっと笑ってしまった。

「ここから先はわたくしが自分で学ぶことにする。手助けをありがとう、嶋吉」

「ど、どういたしまして。また何かありましたら、どうぞお申しつけくださいね。

あたしは、何があっても、おかみさんの味方になりますから」

おすみが足音もなく裏庭に出てきていた。おるうは目の端にそれをとらえていたが、嶋吉は気づいていなかったらしい。

「お嬢さま、そろそろお出掛けの支度をなさいませ」

おすみの声に、嶋吉は跳び上がった。

「も、申し訳ございません！　お忙しいときにお声掛けしてしまい……」

口の中でごにょごにょとつぶやいて、嶋吉は頭を下げると、背中を丸めるようにして退散していった。

おすみは怪訝《けげん》そうに眉《まゆ》をひそめた。

「手代の嶋吉さんですね。お嬢さまにずいぶん懐いてしまったようですが」

「懐くなどと、犬か猫のような言い方をしてやるな」

「いいえ、子犬だとでも思っておいたほうがようございましょう。よからぬ噂の種になるよりは」

「よからぬ噂だと？」

「男と女が言葉を交わすのを見るだけで、口さがない者はしょうもない噂を立て始めるものです。お気をつけなさいませ」

おるうはため息をついてうなずいた。嶋吉が書いてくれた品物の一覧を畳み、懐中していた鏡入れに挟む。鏡入れをもとのとおり懐に収めると、気持ちを改めた。

「参るか。お師匠さまの屋敷をおとなうのも久方ぶりだな」

「ええ。きっと首を長くして、お嬢さまをお待ちになっているはずですよ」

おるうの素性を知る者は、おるうの両親と弟、三津瀬家の用人と女中のおすみ、佐久良屋では燕七のみだ。実家とはもう縁を切ってしまったから、燕七とおすみだけが、本当のおるうの名を知っている。

言いようのない寂しさにとらわれていたら、突然、師匠から佐久良屋に手紙が届いた。しかも、おるうの正体が三津瀬家の長女美鳥であることを知っているようだったので、おるうはたいそう驚いたのだ。

一体どういうことなのだろうか。

事情を聞かねばならない。場合によっては、こちらの身の上についてきちんと理解してもらった上で、協力を取りつけなくては。

おるうは期待と不安を抱きながら、師匠の屋敷へ向けて出立した。

二

冬野《ふゆの》堂《どう》右衛《え》門《もん》とその妻みちるは、いずれもおるうの師匠である。

おるうは幼い頃から、みちるに小太刀術と薙刀《なぎなた》術を教わっていた。十三になると、男が持つような刃長二尺三寸（約七十センチメートル）の木刀による剣術稽古《げいこ》も、堂右衛門につけてもらうようになった。

堂右衛門はもともと小十人頭《こじゅうにんがしら》を務めていたという。とうに隠居の身で、悠々自適の暮らしを送っている。年の頃は古希を超えた老夫婦だが、老いも衰えも感じさせない。まるで不老長寿の神仙である。

冬野夫妻の人柄は、実に軽妙洒脱《しゃだつ》。大身旗本のご隠居でありながら驕《おご》ったところがまるでなく、弟子は身分の如何《いかん》を問わず平等に接する。ゆえに冬野夫妻を師として慕う者は多い。

内神田《うちかんだ》の連雀町《れんじゃくちょう》にある冬野夫妻の屋敷をおとなうのは、考えてみれば、およそ一年ぶりだった。去年の正月、年賀のあいさつをしに行って以来である。

おすみと佐久良屋御用達《ごようたし》の駕籠《かご》かきを控えの部屋で待たせ、おるうは庭のほうへ歩を進めた。庭に建つ茶室に招かれているのだ。

勝手知ったる庭だと思っていたが、歩んでいけば、目新しいものにもちらほら出会う。以前はなかったはずの石灯籠《いしどうろう》が鎮座していたり、あったはずの古木が若木に植え替えられていたり。

「時は流れるものだ。懐かしい景色も、変わっていってしまうのだな。五日に一度ここへ通っていた頃には、庭の姿の移ろいには気づきもしなかったが」

幼い頃に木登りを楽しんでいた黐《もち》の木は、おるうの記憶よりもいっそう大きく枝を茂らせていた。黐の木は丈夫で、風雨にも寒さにも強い木なのだ。

茶室の表では、みちるがしゃんと背筋を伸ばして待っていた。

「お師匠さま！」

おるうは思わず駆け寄った。

「まあまあ、相変わらずのお転婆ぶりですこと。変わりはないようね。先日は大立ち回りも演じたと聞きましたよ」

みちるは小柄だ。白い髪は男のように短く切って、ひっつめにしている。たっつけ袴《ばかま》を身につけた姿は軽やかで、昔からちっとも変わらない。

「お師匠さまも瓦版《かわらばん》をご覧になったのですか？」

「ええ、もちろん。燕七さんからは言い訳の手紙も受け取りましたよ。妻を危うい目に遭わせるつもりは毛頭なかった、目立たせるつもりもなかったのだ、と」

「燕七さまが？　お師匠さま、燕七さまとお知り合いなのですか？」

「あらあら」

みちるは目を見張った。ぱちぱちとまばたきをすると、まつげが長いのがよくわかる。

茶室から堂右衛門が出てきた。

「表で立ち話などせずともよかろう。早く中に入りなさい。湯が沸いたところじゃ。拙者が茶を点《た》てよう」

「堂右衛門先生！　お久しぶりでございます！」

うむ、と堂右衛門はうなずいた。

堂右衛門もまた小柄な体軀《たいく》の持ち主だ。背丈はおるうと同じくらいだし、筋骨隆々というわけでもない。ただの力比べにおいては貧弱なものだ、と当人も認めて笑っている。

ところが、刀を持って戦えば、凄《すさ》まじく強い。殊に抜きつけの速さは、並みの者には目視できないほどだ。老いてなお剣豪であり続けたといわれる塚原卜伝《つかはらぼくでん》にちなんで、今卜伝と呼ばれてもいる。

招き入れられた茶室は、こぢんまりとした草庵《そうあん》風だ。低い天井は、黒松の梁《はり》が剝《む》き出しになっている。

「この茶室、初めて中に入り申した。風情がありますね」

おるうが言うと、堂右衛門がにんまりした。

「ほ、風情とな。江戸随一のお転婆娘にも、この茶室のよさがわかるようになったか」

「わたくしとて、少しは大人になったのです」

おるうは唇を尖《とが》らせてみせる。みちるがころころと笑った。

堂右衛門は流れるような手つきで茶を点てた。茶の湯においては、おるうは礼を失しない程度のたしなみだけはある。人付き合いをするうえで必ず役立つ日が来るから、と堂右衛門から教わっていたのだ。

茶の湯の稽古は剣術と違って退屈で、おるうは嫌いだった。それでもどうにか、ひととおりのことを叩《たた》き込んでもらったのが、今となってはありがたい。

口うるさいおもんが「お茶の作法だけは悪くない」と評するのだ。お花の稽古の出来は、いまだにさんざんなのだが。

鹿威《ししおど》しの音が軽やかに響いた。うぐいすが未熟な唄《うた》を披露している。

舌の上でほろりと崩れる菓子とともに苦い茶をいただくと、おるうは、ほっと息をついた。

「結構なお点前《てまえ》でございます」

「茶の味もわかるようになってきたか？」

おるうはうなずいた。

「今の一杯は、まことにおいしゅうございました。苦みが実に爽《さわ》やかで、疲れがすっと溶けていくかのよう」

「やはり疲れておるか。商家のおかみを務めるのも大変じゃろう」

「佐久良屋で暮らし始めてひと月近くになりますが、うまくいかぬことばかりです。おかみを務めておるなどと、とても言えたものではございませぬ。どうしても肩に力が入り、胸を開くことができず、息苦しゅうてなりませぬ」

「さもありなん、動きが硬い。商家の庭では稽古もできんのじゃろう？」

「やってみようとしたことはございます。しかし、やはり奉公人たちの目もございますゆえ……」

江戸の旗本の娘であるという素性を隠し通さねばならないのだから、これ以上、人に怪しまれる振る舞いをすべきではない。小太刀術が使えると知られてしまったのは本当にまずかった。

万が一、おるうへの疑惑から三津瀬家にたどり着く者が現れたら、武士の誇りと格式を重んじる父は躊躇《ちゅうちょ》なく腹を切るだろう。金策のために娘を商家に嫁がせるなど、旗本として恥ずべきことだ。この縁談の真相が世に知られてしまったら、三津瀬家は間違いなくお取り潰《つぶ》しになる。

だから、おるうは何としても偽りの身の上を貫き通さねばならない。

それなのに、佐久良屋に馴染《なじ》むことも商いについて学ぶことも、なかなかうまくできずにいる。言葉遣いの直し方もわからない。

「融通の利かぬ己が嫌になります。八方ふさがりなのです」

おるうは弱音をこぼしてしまった。

みちるがおるうのそばへ膝《ひざ》を進めてきた。

「困ったわねえ。人と人の関わり合いの中で身につけていくしかない事柄ばかりですもの。剣術のお稽古のようにはいかないわね。燕七さんには相談したの？」

「いいえ。燕七さまはお忙しくて、お話しする場がなかなか持てませぬ。部屋も別々ですので……」

みちるは、長いまつげを持つ目をしばたたいた。やはり、祝言を挙げたばかりの夫婦が寝所を分けているのは奇妙なことなのだ。利害の一致によって結ばれた縁であるとはいえ、普通はもっと形を取りつくろうものだろう。

おるうは、今さらながら、気になっていたことを尋ねた。

「ところでお師匠さま、堂右衛門先生。お二人は燕七さまとどこで知り合われたのですか？」

堂右衛門が答えた。

「佐久良屋の先代の主《あるじ》、絢十郎どのが、刀剣の扱いを燕七に伝授するよう、拙者らに頼みに来たのが始まりじゃな。佐久良屋の客には武家も多い。刀剣や武具も手にすることになるゆえ、燕七どのにも学ばせておくという話でな」

えっ、と声を上げてしまった。

「燕七さまがこちらに学びに来ておられただなんて！」

「やはり、聞いておらなんだか」

「ぞ、存じませぬ！」

みちるが笑いだした。

「部屋が別々？」

「あらあら。燕七さんったら、困った弟子ですこと。わたくしがあの子に小太刀術を教えていたのよ。今でもときどき稽古《けいこ》をしに来ているわ。もう十二、三年になるかしら」

「そ、そんな……いや、しかし、先だっての捕物の折に、燕七さまが小太刀術の使い手だという話が出ました。そう、気になってはおったのです」

だが、十分に話を聞く機会がなかった。

ともあれ、と堂右衛門が話の筋をもとに戻す。

「拙者らと燕七との付き合いは、あやつが幼かった頃からというわけじゃ」

「燕七さまだけですか？　柳造どのは？」

「柳造どのは別のところへ行かせておったようじゃ。八丁堀《はっちょうぼり》にある剣術道場と言っておったかのう。多くの仲間とぶつかり合って身につける、荒くれ剣術の稽古場だとか」

みちるが言い添えた。

「初めは燕七さんもそちらに通っていたそうよ。でも、合わなかったみたいね。そちらを辞めて、こちらに通うようになったのだけれど、すっかり刀嫌い、稽古嫌いになっていたの。毎度、駕籠《かご》に無理やり押し込まれて通ってきていたわ」

「そうじゃった。手入れの仕方は拙者がひととおり教え、小太刀術は妻が教えておったが、初めはどうも身が入らんでな。当時の燕七は、書見好きのおとなしい子供であったわ」

「燕七さんは、座して学ぶことにおいては呑《の》み込みが早かったし、新しい知に触れることそのものが好きだったのね。夫の教える刀剣の蘊蓄《うんちく》はすぐに身についたけれど、体を動かすほうは慣れていなくてねえ。小太刀術のお稽古はつらそうだったわ」

みちるはのんびりとした口ぶりで語るが、その実、幼い燕七がいかに嫌がろうとも稽古の手を抜かなかったに違いない。声を荒らげたり手を上げたりすることこそないものの、みちるの稽古は淡々として厳しいのだ。

堂右衛門がふと気づいた様子でおるうに尋ねた。

「もしや、佐久良屋と三津瀬家のつながりも知らぬのか？」

「知りませぬ」

「おぬしの父君が家宝の太刀を売ろうとして相談した先が佐久良屋であることは、さすがに存じておるな？」

「はい。そこで急に縁談を持ちかけられたのです。聞けば、わたくしが嫁ぐほうが家のためになる、という話ではありませぬか。であれば、迷う必要もござりませぬ。

武家の娘のお役目は、お家の繁栄に資する相手と縁づくことでございます」

おるうは、知らず知らずのうちに拳《こぶし》を固く握りしめていた。手のひらに爪が刺さっている。武家の娘のお役目などと語りながら、おるうはもう三津瀬家とはつながっていない。三津瀬家には帰れないのだ。

みちるも堂右衛門も三津瀬家の手元不如意の窮状は知っている。稽古の礼金を待ってもらう必要があったとき、嘘をつきたくないおるうが打ち明けたのだ。おるうが十七で稽古をやめたのも、謝礼を工面できなくなったためだった。

堂右衛門が白いあごひげをひねりながら、思案げに口を開いた。どこから話すべきか、と悩む様子だ。

「三津瀬家の家宝は、備中青江の古刀であったな。年に一度、傷みの有無を念入りに調べるために職人に預けておるそうじゃが、その仲立ちをしておるのが佐久良屋であることは知っておったか？」

おるうは目を見張った。かぶりを振る。

「佐久良屋の仲立ちであるとは存じませんでした。職人に預けて手入れをおこなっておるのは、うっすらと知っておりましたが」

「うっすらと、か」

「はい。家宝は当主が司《つかさど》るものであるからと、父は、わたくしには詳しいことを教えてくれなんだのです。元服前だった弟も同様に、あの太刀には触れさせてもらえずにおりました」

ふむ、と堂右衛門は唸《うな》った。

「類《たぐい》まれなる名刀ゆえ、年端の行かぬ子供らに触れさせんというのも、うなずける話ではあるが。例の太刀は、一年余り前に白鞘《しらさや》を作り替えたであろう？」

「はい。祖父の頃に作った白鞘の汚れと歪《ゆが》みがいよいよ看過できぬほどになったので、弟の元服に合わせて新調することにしたはずです」

白鞘は、休め鞘ともいう。刀を保管する際に入れる鞘で、歪みの少ない朴《ほお》の木で作られる。きちんとした白鞘をあつらえるのは、刀を健全な姿で保つための第一歩だ。

本当は儀礼用の鞘や柄《つか》の修繕もしたかったのだが、断念せざるをえなかった。見積もりを立てたところ、とんでもない額になるとわかったためだ。武家の格式を保ち続けるには、何につけても金、金、金がかかるのである。

「あの折の白鞘の新調も、佐久良屋を介して相談がなされた。先代の絢十郎どのが急に倒れた頃じゃな。ゆえに、白鞘の件で燕七が三津瀬家を訪ねたはずじゃが、会わなんだか？」

　おるうはまた、かぶりを振るしかなかった。

「お会いしておりませぬ。わたくしが燕七さまと初めてお会いしたのは、祝言の席でのことでした」

　みちるが口を挟みかけた。が、堂右衛門が目配《めくば》せをしてそれを止めた。みちるも納得したそぶりでうなずいたが、一体何を言いかけたのだろうか。

　堂右衛門がさらに問うてくる。

「祝言に至ったいきさつについても、話をせなんだか」

「互いの目的が一致したから、と聞いておりまする」

「それだけか？　燕七が何を考えて縁談を持ち出したのか、そもそものわけも知らぬままなのか？」

　だんだん呆《あき》れた口調になってきたのが、おるうにもわかる。

「何も聞かされておりませぬ。そもそも、燕七さまは仕事のために外に出てばかり。佐久良屋におられるときも、大旦那《おおだんな》さまの部屋にこもって日記や書付、帳簿などの整理をしておられるとかで、わたくしと顔を合わせてもくれぬのです」

　つい口調が尖《とが》ってしまった。

こうして冬野夫妻と話をしてみて改めてわかったのだが、おるうはあまりに事情を知らされていない。隠し事だらけの縁談において、当の花嫁であるにもかかわらずだ。

「わたくし、何だか腹が立ってまいりました」

みちると堂右衛門はまた顔を見合わせた。

「瓦版《かわらばん》で妙な噂をばらまかれて、うまくいっていないのかしら、と心配してはいましたけれど」

その件については言い訳をするしかない。

「瓦版の噂話は、うまくいっておらぬせいと申しましょうか、例の大立ち回りのときに、わたくしが知り合いに顔を見られてしまい、ごまかすためにいかんともしょうがなかったのです」

「あらまあ。美鳥さんの……いえ、おるうさんの正体が露見しかけた、ということね？」

「さようです。父と付き合いのあるお家の用人に、もしやと声を掛けられました」

「危ないところだったのね。声を掛けてきたというのは、どこのお家のどなただったのかしら？」

「里中家の平倉さまです。お師匠さま、ご存じでしょうか？」

みちるはおっとりと微笑んで、明確には答えなかった。しかし、冬野夫妻の付き合いの広さは計り知れない。旗本の間でちょっとしたいざこざが起こると、風のようにすっと入っていって仲を取り持つらしいのだ。

堂右衛門は、確かめるようにおるうに問うた。

「おるうよ、佐久良屋の者からも不審の念を向けられておるのか？」

「どうなのでございましょう。親しく口を利いてくれる者がほとんどおらぬゆえ、何と言われておるか、自分ではわかりませぬ。おすみのほうが、そのあたりは把握しておりましょう」

一応、佐久良屋の中では、燕七が不二之助に書かせた話が正しいということで押し通している。つまり、おるうはとある宿場の郷士の娘であり、剣術ができるのも、宿場の野盗対策として習っていたのだ、と。

しかしながら、それがどこまで信用されているのか、おるう自身、心許《こころもと》なく感じている。あの女は一体何者で、佐久良屋に入り込んで何をしようと目論《もくろ》んでいるのかと、ちくちく尖ったまなざしを向けられているような気がしてならない。懐いてくれているのは、手代の嶋吉くらいのものである。

堂右衛門が嘆かわしげに息をついた。

「燕七め、あやつも困ったものじゃ。せっかく念願の縁組がかなったというのに」

おるうは耳を疑った。

「念願の縁組、でございますか？　燕七さまはそれほど強く、妻をめとることを望んでおられたのでしょうや？」

「妻をめとることそのものではなくてだな……ああ、いや、ここでおぬしに言うても信じまい。これは、あやつに説教をせねばならんかのう」

みちるはふわりと笑い、頰に手を当てて、小鳥のように小首をかしげた。

「燕七さんはもともとおとなしい坊やだったけれど、口下手は相変わらずなのねえ。どうしたものかしら」

「お師匠さまのおっしゃるとおりです。どうしたものなのでしょう？　いえ、わたくし自身、己のことがわからなくなっております。白黒はっきりさせるのが性に合うというのに、素性を隠さねばならぬせいで、近頃どうにも、己のありかを見失っておるようで……」

「武家の娘でなくなったことが、やはりつらいのかしら？　何もかも変わってしまったものねえ」

みちるの柔らかな声が、おるうの胸に沁《し》みる。

「お師匠さまは武家地と町人地の境に住まわれ、誰にでも分け隔てなく接しておられますが、わたくしはそうではないのです。武家の暮らししか知らず、買い物などしたこともなく、商人や職人と口を利いたことすらなかったのでございます」

もしも二百年前の幕初の頃であれば、おるうが身分を偽って佐久良屋に嫁ぐことなど、到底ありえなかっただろう。冬野夫妻もまた、武士と町人の境を侵す振る舞いをなすことしばしばであるとして、ご公儀の咎《とが》めを受けたかもしれない。

だが、戦のない泰平の世が二百年ほども続いてきた。その間に世の中はずいぶん変わった。

今や、武家は軒並み懐事情が苦しく、格式を保つためにやむをえず借金を重ねる者も少なくない。逆に裕福な商家の中には、武家の株を買って子を武士にする者が現れている。

生まれの貴賤《きせん》とは、結局、何なのだろう？　武家と商家の間にあるとされる分限の差とは？

おるうは旗本の娘として生まれ、その身分のまま暮らしていくものだと信じていた。そこからこぼれ落ちてしまった今、当たり前だと信じていた足場がすべて取り払われた格好だ。

拠《よ》って立つべき場があやふやだというのは、こんなにも不安だ。

「お師匠さま、またここへ来てもよろしいでしょうか？　誰かとこれほどたくさんお話をしたのは、嫁いで以来、初めてなのです。ましてや身の上に関する悩みなど、佐久良屋では決して明かせませぬ。わたくしは今、どうしてよいかわからぬのです」

みちるはにっこりと微笑んだ。

「どうぞいらっしゃい。お茶のお稽古《けいこ》に行くとでも言って、通っておいでなさい」

「ありがとうございます」

堂右衛門も同意してくれた。

「どれ、拙者が茶人として、佐久良屋に文を送ろうかの。幾日かに一度、顔を見せに来なさい。次は燕七とともにな」

「燕七さまとともに、ですか？」

堂右衛門はにんまりと笑った。

「うむ。拙者からの招きとあらば、燕七もおいそれとは断れぬ。何しろ、拙者らは燕七の秘密を握っておるのだからな」

「秘密？」

「いずれおぬしも知ることとなろうが、ま、燕七がみずから打ち明けられるようになるまで、拙者らは見守る。さて、さっそく文をしたためようか」

堂右衛門とみちるは、はかりごとを企てるかのように、にんまりと笑い合った。

三

文を受け取った燕七はその夜、おるうの部屋を訪ねてきた。

「おるうさま、少しよろしいでしょうか？」

はいと応じたら、燕七は相変わらず障子越しに話し始めた。

だが、おるうは障子を開けた。まっすぐに燕七と向かい合って言い放つ。

「どうぞお話をお続けくださりませ」

帰り際、みちるに助言されたのだ。夫婦たるもの、たとえ喧嘩《けんか》をした日の夜でも、ちゃんと相手の顔を見て「お休みなさいませ」くらい言うものですよ、と。

障子を開けると、燕七は軽く目を見張ったが、それだけだった。鬱陶《うっとう》しがられはしなかったので、おるうはひそかにほっとした。

燕七は遠慮がちに切り出した。

「では、改めて申します。冬野堂右衛門先生からの手紙、おるうさまはご覧になりましたか？」

「いいえ。燕七さまへの手紙とうかがいましたゆえ、中は見ておりませぬ。何か障りでも？」

「障りといいますか……おるうさまは茶の稽古のために堂右衛門先生のもとに通うことをお望みなのですよね？」

おるうは少し身構えた。

「さようでございます。店の奥にこもって、何をするでもなく過ごしていては、退屈でなりませぬゆえ」

「退屈、ですか。そうでしょう。堂右衛門先生も手紙に書いておられます。おるうさまは鳥籠《とりかご》の中でおとなしく飼われている小鳥などではない、と」

燕七はおるうの目を見ない。冷えた廊下の板の上に座って、きっちり畳んだ手紙の上にまなざしを落としている。うつむき加減の額や鼻筋が美しい。

「堂右衛門先生のところへ茶の湯の稽古をつけてもらいに参ってもよろしいでしょうか？」

尋ねてみれば、燕七は明快に答えた。

「よろしいですとも」

「みちる先生に小太刀術の指南をしていただければとも思っておりますが」

「むろん、かまいません。思う存分、稽古をなさってください。こちらでは奉公人の目がありますから、みちる先生のもとで体を動かすのがよろしいでしょう」

「かたじけのうございます」

「おるうさまがお師匠さまたちのもとへ通われるのは、何の障りもないのです。が、しかし……」

燕七は言い淀《よど》み、形のよい眉間《みけん》に皺《しわ》をこしらえた。

「いかがなされました？」

おるうが促すと、燕七はいくらか険しいその表情のまま、目も上げずに言った。

「堂右衛門先生の文には、おるうさまとともに手前も参るよう書かれておりまして。茶室に招いて茶と菓子を振る舞うゆえ二人で来なさい、と。ついでに骨董《こっとう》品の目利きを頼みたい、ともありますが」

そら来た、と、おるうは思った。燕七はきっと渋るだろうと予測できていた。おるうと二人になるのを嫌がるのだ。

この縁組はまったくもって隠し事だらけだ。おるうは誰にも素性を明かせないし、燕七はおるうに何ひとつ事情を話してくれずにいた。

けれど、いい加減にしてほしい。夫婦《めおと》らしいことなどせずともよいが、いくら何でも、燕七はおるうを避けすぎだ。おるうは我慢がならなくなってきた。お師匠さまたちと話をして、そんな自分の心に気がついた。

おるうはきっぱりと言った。

「夫婦揃ってお師匠さまのお招きに応じること、何の障りもないように思われまする。燕七さまのご都合さえつくのであれば、ぜひともご一緒しとうございます」

「都合は、どうにかできますが、おるうさまは本当によろしいのですか？　手前のような者とともに、まるで仲の良い夫婦者のように、お師匠さまの茶室に招かれるなど、お嫌ではありませんか？」

冷えた廊下は行灯《あんどん》もなく、暗く沈んでいる。燕七の白い顔は暗がりの中で浮かび上がるようで、眉間に刻まれた皺がいよいよ深くなっているのが見て取れた。

胸の内がひんやりとする。それを悟られないよう、おるうは努めて冷静に応じた。

「仲が良かろうと冷えていようと、わたくしどもは夫婦でございましょう。お師匠さまのお誘いは断れますまい」

燕七はひそやかな声で応じた。

「そうですね。都合をつけますので、数日お待ちを」

「心得ました」

「障子を開けていては、部屋が冷えましょう。手前はこれで」

這《は》いつくばるようにお辞儀をして下がろうとする燕七に、おるうはひと声、投げかけた。

「お休みなさいませ」

燕七は、半端な格好で動きを止めた。顔を上げる。眉間に皺はなかった。ぱちぱちと、不思議そうにまばたきをして、それから、吐息のような声で言った。

「お休みなさいませ。ごゆるりと」

うなずいたおるうは、どんな顔をすべきなのかわからなかった。どんな顔をしてしまったのかも、わからなかった。

ただ、去り際の燕七がかすかに笑っているように見えて、胸の中でふわりと何かが動いた。

燕七が静かに障子を閉めた。おるうは一人きりになった。胸に手を当てる。

少し息が苦しかった。鼓動が走っているせいだった。

四

燕七の都合がついたのは、おるうが冬野家を訪れた五日後のことだった。

おるうのほうが先に冬野家に到着し、燕七は出先から直接やって来た。

「おお、よう来たのう、燕七。待っておったぞ」

「ご無沙汰《ぶさた》しております。堂右衛門先生もみちる先生も、お変わりないようで」

「ええ、わたくしたちは元気ですとも。燕七さんは少し痩《や》せたのではない？」

「そうかもしれません。亡父のやり残した仕事の後始末などに、いまだに追われておりまして」

みちるも堂右衛門もにこにこして嬉《うれ》しそうだ。燕七は常と変わらない慇懃《いんぎん》な態度だが、冬野夫妻の好物である草団子を手土産にしているあたり、やはりよくわかっているらしい。

狭い茶室で堂右衛門が茶を点《た》てるのを待ちながら、おるうはそわそわして仕方がなかった。

間の悪いことに、おるうと燕七の今日の装いは、あたかもお揃いであつらえたかのように似通っている。青い小袖《こそで》である。墨流しという技法で濃淡をつけて染められており、鉄紺色から薄花色まで揺らいでいるのが美しい。

急ぎ仕立ててもらった着物の中で、この青い小袖を特に気に入った。だから今日着てきたのだが、まさか燕七も同じような生地で仕立てた羽織と小袖を身につけているなんて。

せめて朝から一度、顔を合わせる場があれば、違う着物を選ぶことができた。燕七がさっさと朝餉《あさげ》を食べて仕事だ何だと外に出てしまうのが悪い。

おるうは、そっとため息をついた。むくれた顔をしてしまっているだろう。取り澄ました顔でやり過ごしたいが、どうにもうまくいかない。

「おまえさんたち、夫婦揃っての外出は初めてじゃろう？」

唐突に堂右衛門が言った。いいえ、と燕七が答える。

「近所にある友人のところまで、一緒に出掛けたことがあります。こたびは二度目です」

「たったの二度か。燕七、忙しいかもしれんが、もう少しどうにかならんのか？」

堂右衛門は呆《あき》れた顔をしながら、茶を燕七に振る舞った。

燕七は茶碗《ちゃわん》を受け取り、作法どおりにいただいた。仕草が堂に入っている。商人同士の付き合いでも、茶会に出る機会は少なくないという。

おるうはつい、燕七の仕草に見入っていた。こちらを向いた燕七と目が合ってしまい、ばつが悪くなってうつむく。

続いて、おるうが茶を振る舞われた。妙に緊張して、すがすがしいほどに苦いはずの茶の味がまったくわからなかった。

一連の流れを終えると、今度はみちるが煎茶《せんちゃ》を淹《い》れてくれた。

「この茶室では、堅苦しいのは無用よ。持ってきてもらった草団子を皆でいただきながら、おしゃべりをしましょう。今日は二人のお話を聞かせてもらいたくて、こちらへ呼びつけたのですもの」

おるうは口を挟んだ。

「小太刀術の稽古《けいこ》も、久しぶりにつけていただきとうございますが」

「その小袖で、かしら？」

「おすみに着替えを持たせております」

「では、おやつの後で少し体を動かしましょうね。おるうさんも燕七さんも、お揃いの青色がよく似合っているわ」

燕七がぱっとおるうのほうを見た。切れ長な目を丸くしている。もしや初めて気づいたのだろうか。たびたび燕七がこちらを向くことがあるように感じていたが、その実、何も見ていなかったのか。

　堂右衛門が、ほう、とうそぶいた。

「お揃いであつらえたのか」

「ち、違います！」

　おるうは慌てて否定した。

　だが、燕七がぼそりと言った。

「手前は、好きな色であつらえました。呉服商には、おるうさまに似合いの色をと告げておきましたが、手前の好みの色もむろん知っています。勝手に合点して、そういう色を出してくれたのでしょう」

「結果として、たまたま、お揃いの着物になってしもうたわけじゃな」

「そうなってもおかしくない注文をつけてしまったと、今気がつきました。おるうさま、ご不快でしたら、次からはそのように呉服商にお伝えください」

　うつむいた燕七は、またしても眉間《みけん》に皺《しわ》を寄せている。その顔が習い性になっているのだろう。常に機嫌が悪いというわけだ。きっと、おるうがそばにいるせいだろう。

おるうは腹が立ってきて、叩《たた》きつけるように言ってしまった。

「燕七さまこそ、ご不快なのでございましょう？　顔に出ております。わたくしと話をせねばならぬときは、いつもそうして下を向き、眉間に皺を寄せてばかりではございませぬか！」

かぶりを振りながら、燕七はますますうつむいていく。ほとんど平伏しているような格好だ。

「この顔は、生まれつきのようなもので、決して不快なわけでは……」

「嘘を申されるな。番頭や嶋吉らと商いの話をしておられるときは、眉間に皺などございませぬ。真剣なお顔をしてはおられますが、険しくはないのです。燕七さまが険しいお顔をなさるのは、わたくしの前のみでございましょう」

「いや、険しいつもりはなく、ただ……」

口ごもる燕七の顔をのぞき込めば、やはり冷たいしかめっ面だ。

堂右衛門が割って入った。

「おるうよ、そう燕七を責めるな。哀れなほど恐縮しておるではないか」

「恐縮？」

「そうは見えぬか」

「見えませぬ。不快そうなしかめっ面、いつもそんなお顔でござります。よほどわたくしのことが目ざわりなのでござりましょう？」

燕七はまなざしを下げたまま、かぶりを振った。

「目ざわりなどと、そんな、思ったこともありません。ただ、その……」

「思うところがあるなら、はっきりと申されよ！　どうせわたくしは、かわいげのある話し方もできぬし、商いのことも何ひとつわからぬ。燕七さまにとって役にも立たぬ女にござります。気に食わぬのも道理にござりましょう！」

きつい声色で言葉をぶつけてしまいながら、おるうは、何だか泣きたいような気持ちになった。

おるうがこんな態度だから、燕七は話してくれないのだ。もっと優しく、たとえばみちるのように「一体何があったのかしら？」と尋ねることができるなら、燕七もすんなり答えてくれるのではないか。

わかっていながら、うまくできない。

いかに暮らしに困窮していようとも、三津瀬家は知行一千石の由緒正しき旗本だ。その長女として誇り高くあれと育てられた。相手よりも下手に出るような振る舞いなど、日頃ちらりとでものぞかせれば、たちまち父母に叱られた。

しかし、黙り込む燕七を前にすると、思いやりのかけらもない自分の振る舞いが嫌になってくる。もう旗本の娘ではないというのに、変われない自分の頑固さにもうんざりする。

堂右衛門が再び割って入った。

「おるうの言い分もわかる。その一方で、燕七の気持ちもわかるぞ。夫は妻の前で、情けない顔など見せられぬものよな」

「ええ、まあ……」

「しかめっ面でもして引き締めておらねば、でれでれとしてしまう。それでは格好がつかぬゆえ、妻の顔に見惚《みと》れておっても知らぬふりをしてしまう。そういうことじゃな？」

燕七がますます顔をしかめるのが、おるうの目に映った。

「堂右衛門先生、戯ればかりおっしゃらないでください。ますます腹が立ってまいりまする」

「戯れではないんじゃがのう」

堂右衛門は助けを求めるように、みちるに目配《めくば》せした。みちるは、やれやれと言うように首を振って、話を変えた。

「今日こちらに燕七さんを呼んだのは、目利きをほしいものがあるからなの。おるうさんも、骨董《こっとう》商の仕事ぶりを間近に見てみたいでしょう？　それでね、こちらをご覧なさいな。先日亡くなられたお友達から譲り受けたのだけれど」

堂右衛門が、手元に置いていた木箱を開けた。木箱の中には、しっとりと濡《ぬ》れたような黒絹に包まれた、茶碗《ちゃわん》が一つ。

「燕七よ、この茶碗を何と見る？」

身を起こした燕七は、茶碗を一瞥《いちべつ》するや、顔つきを変えた。眉間の皺が消えた。目に光が宿った。冷たいしかめっ面ではない。冷静ではあるが熱の宿った、仕事人の顔だ。

「拝見します」

菓子と茶を脇にやって、膝《ひざ》を使って進み出た燕七は、堂右衛門から茶碗を受け取った。両手で丁寧に持ち、目の高さに掲げる。離した位置からゆっくりと全体を確かめた後、手前に近づけてじっくりと見つめた。

茶碗は、ややくすんだ翡翠《ひすい》色の磁器だ。燕七の手の中で光の当たり具合が変わったとき、蓮の花の模様が見えた。底を中心として、側面にかけて花びらを広げるように陽刻されているのだ。

燕七は茶碗をそっと畳の上に下ろし、ほう、と息をついた。

「こちら、唐物《からもの》ですね」

「さよう。清国《しんこく》からの船来品で、唐物問屋にて買うたと聞いておる」

「清から渡ってきたものだとしても、より古い時代のものです。清という国が建ったのは百八十年ほど前ですが、こちらの茶碗は宋《そう》王朝の末期頃の品でしょう。浙江《せっこう》地方の龍泉窯《りゅうせんよう》という窯で、六百年余り前に焼かれた青磁です。日《ひ》ノ本《もと》では源平《げんぺい》合戦が起こるより前の、平家《へいけ》の栄華の頃ですね」

龍の泉の窯、と燕七は宙に書いてみせた。

「何と、実に古い品じゃ。平清盛《たいらのきよもり》が宋の国との商いをしておった頃の品というわけかのう。まことに本物か？」

「本物です。ただし、さほど珍しいものでも、古いわりには高価なものでもありませんが」

「ありふれた品なのか？」

「この形、この色の、蓮の模様の入った茶碗は、当時の龍泉窯で数多く焼かれていたんです。同じ形で焼き、きれいに積み重ねて縛って大きな木箱にきっちりと詰め、日ノ本や高麗《こうらい》、越南《えつなん》といった、宋の周囲の国々へ船で運んでいた。これはそういう茶碗です」

「海を渡る商いがおこなわれておった、その証《あかし》の茶碗か」

「そのとおりです。古くから栄えていた湊《みなと》では時折、これと同種の茶碗が、魚捕りの網にかかって引き上げられます。海の底に沈んでいるんですよ。これを積んだ船ごと沈んだのか、運ぶうちに割れた茶碗を海に捨てたものか、判断はつきかねますが」

すらすらと目利きの見解を述べ、歴史について語る燕七に、おるうは驚嘆した。

「六百年余りも昔の焼き物のことを、まるでその目で見てきたかのように見分けられるのですね」

「唐物、つまり清国からの舶来品の目利きは得意なんです。殊に焼き物は、時代と場所によって癖がきっぱりと分かれているので」

「癖、とは？」

「龍泉窯の器で言えば、同じ青磁でも、宋の頃、元《げん》の頃、明の頃では色味が違います。宋の頃は、用いられる釉薬《ゆうやく》の変化により、地味な色合いから次第に明るい緑青色へと変化していく。元の頃には大型の器が持てはやされ、他の地方の土も使われるようになったため、全体に黄がかった色味になる。明の頃になると釉薬の質が変わり、深みのある灰色の光沢を帯びるのと、貫入《かんにゅう》といって、ひび割れのような繊細な模様が全体に入るようになる。こちらの萩焼《はぎやき》の茶碗にも、実に見事な貫入がありますが」

燕七は煎茶《せんちゃ》の茶碗を持ち上げてみせた。うっすらと桃色を呈する茶碗には、確かに燕七の語るとおり、ひび割れの模様が入っている。

おるうは目が回るような心地がした。元だの明だのと言われても、それが一体どれくらい昔のことなのか、よくわからない。焼き物がどうやって作られるのかを知らないので、技法の話をされてもぴんとこない。

だが、言葉を重ねるにつれて燕七の目の輝きが明るくなるのは、間近に見ていてよくわかる。

「唐物の器がお好きなのですね」

間の抜けたことしか言えなかったが、燕七はしっかりとうなずいた。

「龍泉窯の青磁は好きですね。この蓮の模様の茶碗は、さっき申したとおり、べらぼうな珍品というわけではないんです。しかし、さまざまな場所に兄弟分が散り散りになっている。はるか昔の商人が海を越えて富を求めた証、人々のつながりが確かにあった証として、今に伝わっている。その物語を思うと、何とも心が躍ります」

器を見つめて語る燕七の横顔に、ふわりと柔らかなものが漂っている。微笑んでいるのだ。それに気づいて、おるうは驚いた。どきりとする。

おるうはうつむいた。

「お楽しそうですね。わたくしは、ものをよく知りませぬ。特に、歴史には疎うございます。燕七さまのおっしゃっていることも、理解が追いつきませぬ」

自分が情けなかった。今のままでは駄目だとわかっているが、何をどうしていきたいのか、道筋が見えない。

みちるが助け舟を出してくれた。

「これからも、月に幾度か日を決めて、二人で一緒にいらっしゃい。この唐物の青磁のように、二人に見せたい品もいくつかあるの。この屋敷でなら、二人で気兼ねなくお話しできるでしょう？」

燕七がおるうにまなざしを向けたのがわかった。おるうは見つめ返さなかった。

燕七は、言葉を選ぶような間を置いてから、みちるに答えた。

「できるだけ考えておきます。おるうさまと話をしたくないわけではありませんから」

堂右衛門が、はあ、と嘆息した。

「燕七よ、その言い方はどうかと思うぞ。おるうも、うつむいたり、そっぽを向いたりするばかりとは、一体どうした？」

そんなふうに問われて、すぐさま答えが出るようなら、うじうじと悩み続けはしない。

ほどなくして、燕七は得意先での商いのため、一足先に冬野家を辞していった。見送りに際しても、おるうは顔を上げなかった。結局、狭い茶室で隣り合っていながら、おるうと燕七は最後まで気まずいままだったのだ。

五

佐久良屋には猫がいると話すと、みちるがみやげをくれた。出汁《だし》を取った後の鰹《かつお》節《ぶし》だ。

冬野夫妻のもとにも一時、猫がいたことがある。弟子が拾ってきた猫を、もらい手が見つかるまで飼っていたのだ。あのときの猫にも、おるうはなぜだか懐かれた。

「七夜、おいで」

みやげを手にして呼んでみれば、七夜はいつにない勢いで床下から飛んできた。縁側に腰を下ろすと、膝の上に乗ってくる。

「にゃあああん」

ひときわ甘ったれた声で鳴き、鰹節にかぶりついた。

「そうか、鰹節が好きなのか。お師匠さまからのいただきものだぞ。味わって食べるといい」

「にゃあああん」

鰹節をうまそうに食べた七夜は、おるうの膝の上で毛づくろいを始めた。つやつやとした毛並みが夕焼けの光を浴びてきれいだ。

「今日はいろいろあった。汗をかいてきたのだが、においが気にならぬのか？　帰り際にばたばたして、湯浴《ゆあ》みをせぬまま戻ってきてしまったのだ」

人の言葉がわかるわけではあるまいに、七夜は鼻をひくつかせた。去っていかないところを見ると、汗のにおいは問題にならないらしい。

おるうは、くるりと丸くなった七夜の背中を撫《な》でてやった。

「せっかくの稽古《けいこ》だったが、あまりすっきりしなかったな。体がくたびれるばかりで、気が晴れなかった」

燕七にきつい言葉をぶつけてしまったこと。燕七が好きだと言った唐物について、まったくわからなかったこと。せっかく冬野夫妻が仲立ちしてくれても、燕七とぎくしゃくし続けたこと。

こんなありさまでは、いずれ離縁されてしまうのではないか。そんな恐れがむくむくと胸の中で膨らんできている。

そもそも、男と女が所帯を持つのは、家を継ぐべき子をなすためにほかならない。だというのに、燕七はおるうと寝所を分けている。まかり間違っても子ができぬように、と気をつけているかのようだ。

もしかして、いつでも離縁できるための支度なのでは？

答えの出ない問いをぐるぐると考え続けながら、七夜をぼんやりと撫でていると、嶋吉が裏庭に出てきた。

「ああ、おかみさん。こちらにいらっしゃったんですね」

その声が聞こえた途端、七夜は素早く床下に逃げ込んだ。

嶋吉は七夜に気づかなかったようで、にこりとして駆け寄ってくる。

「どうした？」

「今、小僧たちと一緒に、店の見取り図を作っているんです。まだ描きかけなんですが、見てください。品物を商っている場は、間口が四間、奥行きも四間ほどあって広いだけでなく、棚や刀掛けを使ったり、床の間を模した大きな箱に軸を掛けたりして、工夫を凝らしていまして」

嶋吉は見取り図を広げて一つひとつ指差しながら説明してくれる。おるうもちらりと店に出てしまったことはあるが、売り場の様子を見ている余裕はなかった。

「店は、そんなふうになっているのか。品物の名前も場所もすべて覚えるのは大変そうだな」

「確かに大変です。品物が傷まないように湿気を避けたり、日に当てないようにしたり、たくさん工夫も必要ですし。だけど、やり甲斐《がい》があります。骨董《こっとう》品は、知れば知るほど奥が深くて、おもしろいんですよ」

夕日を浴びた嶋吉の顔が赤い。骨董品の話をしながら胸を躍らせているのが見て取れる。

弟のようだ、と、おるうは思った。四つ年下の弟の玲司のよう。夕刻、庭で剣術の稽古をしている弟を誉めてやると、こんなふうに火照《ほて》った顔で笑ってくれた。

もう、その弟と会うこともない。おるうは、早く佐久良屋のおかみとしてふさわしい人間にならねばならないのだ。

「わたくしも学ぶべきことがたくさんある。江戸の商人としての心得やしきたり、骨董品の目利きやその由緒、歴史……ぼんやりとしてはいられぬな」

おるうは唇を嚙《か》んだ。

嶋吉は、言葉に迷うように沈黙した後、おずおずと訊《き》いてきた。

「おかみさん、何かありましたか？　あの、差し出がましいようですが、今日は何となく、おつらそうに見えるので」

「いや、その……骨董品の目利きというのは、どうすれば身につくのだろうか？　今日、改めて思い知ったのだ。わたくしはまことに無知なのだな、と。とにかく学ばねばならぬのだが、やり方がわからぬゆえ、考え込んでおった」

「骨董品の目利きですか。あたしたちのような奉公人ですと、店の掃除を任されながら、少しずつ教えてもらうんです。それから、大旦那《おおだんな》さまはよく小僧たちを集めて、似た品々の中から本物の骨董品を見つけるという遊びをさせてくださっていました。本物を見つけたらご褒美の菓子をいただけるので、あの遊びが楽しくて……あっ」

嶋吉がいきなり、びくりと身を硬くした。燕七が裏庭に姿を現したのだ。

おるうも思わず立ち上がった。

「燕七さま、もうお戻りになられたのですか」

「ええ。思っていたよりも早く仕事が終わりました」

嶋吉が慌てて頭を下げる。

「お、お帰りなさいませ、旦那さま」

「伊兵衛が嶋吉を呼んでいました。小僧たちに手習いを教えるのを、嶋吉も手伝っているのでしょう？　そのことについて話すと言っていましたが」

「あ、はい、承知しました。で、では、失礼いたします」

嶋吉はほとんど面を上げる間もなく何度も頭を下げて、店のほうへ飛んでいった。

燕七は、嶋吉の去ったほうを見て、低い声で言った。

「手代とは親しくお話しになるんですね。ずいぶん楽しそうでしたが、何の話をしていたんです？」

おるうは、かっと頬が熱くなった。燕七の整いすぎた横顔の冷たさに、非難の色を感じたのだ。

「店に並ぶ品について、話しておりました。わたくしはあまりにものを知らぬゆえ、嶋吉が小僧らに仕事を教える傍ら、同じように教えてくれておるのです」

燕七はおるうに横顔を見せたまま、じっと押し黙っていた。気まずい時が流れる。

夕六つ（午後六時）の鐘が鳴った。

やがて、燕七はうつむきがちに言った。

「次は五日後にお師匠さまの屋敷へ参りましょう。その折にまた、目利きのことなど、お教えできることはお教えします。若い手代よりは、手前のほうが、知っていることも多くございますので」

声は沈んでいた。

燕七はおるうのほうを見ることもなく、会釈をして背を向け、自分の部屋へと引っ込んでいった。

六

その晩も、おるうは一人で夕餉《ゆうげ》を食べた。

一人きりでいる部屋に行灯《あんどん》をともすなど、ぜいたくだ。それに、寒々しいほど寂しいことでもある。

おすみが夕餉のお膳《ぜん》を片づけ、体を拭《ふ》くための湯を運んできた。おすみに手伝ってもらって体を清め、寝巻に着替える。

「お休みなさいませ」

おすみが部屋を辞すると、今度こそ、おるうは部屋に一人になった。

真新しい畳の敷かれた八畳間。布団と夜着、漆塗りの上等な火鉢。文机《ふづくえ》と長持。そのものは少しずつ増えているが、夜になると、部屋の隅に暗がりがわだかまる。その小さな闇がじわじわと部屋を侵していくかに思えて、何とはなしに恐ろしい。

部屋の真ん中で震えていたおるうは、ついに思い立った。

「燕七さまとお話ししよう」

お師匠さまにずいぶん心配された。背中を押してもいただいた。そのことが、おるうをつき動かした。

寝巻の上に綿入れの小袖《こそで》を羽織り、腰紐《こしひも》で着付ける。帯は、今さら大仰な結び方などできない。部屋着のしごき帯でよしとする。

おるうは部屋を出た。燕七の部屋から明かりが漏れているのがわかる。

「お一人で何をしておいでなのだろう？」

板張りの廊下は冷えている。今まで、おるうと話すために毎度、燕七はこの冷たい板の上に座っていたのだ。

燕七の部屋の前に至ったものの、どう声を掛けようかと立ち尽くす。

いつかおもんが言っていたとおり、頭上からキシキシと音が降ってくる。二階の奉公人が立てる物音だ。

物音はまた、表通りのほうからも聞こえてくる。佐久良屋の敷地は広い。間口四間の店の南隣には、間口二間に奥行き三間の小さな店が四軒並んでいる。鉤形《かぎ》に折れた母屋のすぐ東に、その四軒が建っている格好だ。

その小さな四軒も佐久良屋の持ち物で、賃料を定めて貸し出しているのだと、おもんがお花の稽古《けいこ》のときに言っていた。「あんた、買い物に行こうかしらなんて気を起こすんじゃあないよ。今のまんまじゃ恥さらしだからね」という小言つきで。

おるうは、腹を括《くく》った。

「燕七さま」

ささやき声で呼びかけてみる。

部屋の中で気配が動くのがわかった。がさごそ、どさどさと、衣擦《きぬず》れの音だけではない何かの音が聞こえ、障子が細く開かれた。

燕七の色白な顔が、行灯の明かりひとつの暗がりの中に浮かび上がって見える。

「おるうさま……な、何か、手前にご用でも？」

「燕七さまとお話をしに参ったのです。お頼みしたいことがございます。わたくしはここに座ったままでもかまいませぬが、外に声が漏れてしまうやもしれませぬ。かなうことならば、部屋に入れていただきとうございます」

ひと息に言うと、燕七は目を泳がせた。

「手前の部屋に、ですか」

「なりませぬか？」

燕七の秀麗な横顔をじっと見据える。逃げていては駄目だ。きちんと思いを言葉にしてぶつければ、燕七も聞き入れてくれるはず。

ため息交じりに、燕七は答えた。

「どうぞお入りください。むさくるしい部屋ですが」

おるうは一礼して、燕七の部屋の敷居をまたいだ。燕七はすぐさま障子を閉めた。ひんやりとした風が部屋の外に締め出される。

部屋に踏み込んだはよいものの、おるうは目を丸くしてしまった。踏み込んだその場から動けない。

四畳半とおぼしき部屋は、出入りをした一面を除くすべてに棚がしつらえられ、書物や紙の束がびっしりと詰め込まれている。のみならず、床の上もだ。長持と小さな火鉢のほかは、窮屈そうに敷かれた布団の上までも、書物の類《たぐい》が散乱している。

燕七が、むっとした様子で言った。

「むさくるしいと申したでしょう？」

「ええ、まあ……あの、燕七さまは、まさかお食事もこちらで？」

「朝餉《あさげ》は仏間でとっています。夜は外で済ませることも多い。握り飯くらいなら、この部屋で食べたりもしますが」

「はあ、なるほど」

と、危うい均衡で積み上げられていた本が、重みに耐えかねたように崩れた。燕七が慣れた様子で手早く積み直す。

燕七の出《い》で立ちはいつも整っているし、仕事ぶりも手蹟《しゅせき》もきっちりしている。だというのに、まさか部屋がこんなにも散らかっているとは思い描いてもみなかった。

言い訳がましいことを、燕七は早口で並べてみせた。

「こんな部屋に、おるうさまを呼びつけてしまうのも忍びない。食事の世話をする女中たちも、そのあたりは重々承知していますよ。手前の部屋は昔からこうですし、そもそも他人《ひと》が部屋に入るのが我慢ならなくて、女中に掃除もさせていないんです。おかげで埃《ほこり》っぽいでしょう？」

「埃は、さほど気になりませぬが。では、布団もご自分で敷いたり畳んだりしておられるのですか？」

「むろんです。とにかく、おるうさまをお招きできる部屋でないことはご覧のとおりですよ。ひどい部屋でしょう？　だから、用があるときは手前がおるうさまのところへ参ることにしているんです」

おるうは気を取り直し、かぶりを振った。

「わたくしのところとおっしゃりますが、部屋の中まではいらっしゃったことがございませぬ。本来、あの部屋はわたくしひとりのものではなく、夫婦のための寝所なのでございましょう？」

「それは……いえ、手前は、まかり間違っても、おるうさまに無体な真似をしてしまわないようにと……」

あえて強い口調をつくって、燕七の言葉をさえぎる。

「無体な真似とは何のことにござりましょう？　わたくしが望んでおりますのは、燕七さまと朝餉や夕餉をともにしたいということです。わたくし、一人で食事をするのは、ここに来てからが初めてなのです。実家では、いつも母や弟と一緒でしたから」

言葉尻《じり》はほとんどささやき声になった。

いつの間にか、燕七がまっすぐにおるうを見つめている。真剣なまなざしにどきりとしてしまう。

「おるうさま、もしかして、お寂しいのですか？」

ささやかれた言葉に、おるうは泣きたいような気持ちになった。自分でもよくわからずにいたが、そうか。胸に巣くうこの空虚なもの、不安と呼んでいたものの真の名は、寂しさなのか。

「寂しゅうございます」

おるうは、まるで挑みかかるかのように、きっぱりと言った。困難がぶつかってくるのなら見事打ち払ってくれよう、と腹を決めて嫁いできたのだ。打ち払うべきものの正体がわかった。まずはこの寂しさを
だから、おるうは言葉を重ねた。

「わたくしは燕七さまのお役に立つために佐久良屋に嫁いでまいったのです。不甲斐《ふがい》ない今のままでは到底、務めが果たせませぬ。燕七さま、お力添えくださりませ。わたくしが一人前のおかみになるためには、鬱々《うつうつ》とふさいでなどいられぬのです」

「だから、朝餉と夕餉をともに、と？」

「さようにござります。寂しゅうございますと申しておりましょう？　お師匠さま

もおっしゃっていたとおり、夫として妻の無聊《ぶりょう》をなぐさめてくださりませ。さすれば、わたくしも学びに弾みがつきまする」

ほったらかしにするのもいい加減にしろ、少しはかまってみせろ、というわけだ。子供のようなことをねだっている、と、おるうも自覚している。恥ずかしくて、頰が熱くなってくる。

そんなおるうがおかしかったのだろう。燕七は目を伏せて、静かに笑った。

「わかりました。それでは、明日《あした》から朝餉をともにしましょう。夕餉も、手前が出先から戻っているときは、一緒に食べましょう」

おるうは、ほう、と嘆息した。肩に力が入っていたのが、それで抜けてくれた。滑らかになった舌が、さらに動いた。

「もう一つ、お願いがござります。わたくしにも読める本をお貸しくださりませ」

「本、ですか」

「歴史物語や英雄の伝説、そういったものを読みとうござります。お師匠さまの茶室で、燕七さまは唐土《もろこし》の宋の国の歴史と日ノ本の平家の栄華や源平合戦とを並べて、説き聞かせてくださりました。わたくしも『平家物語』は一応存じておりますから、六百年余り前の宋の国とだけ言われるよりも、わかりやすうござりました」

燕七が顔を上げ、今度は先ほどよりもはっきりと微笑んだ。

「そういうことでしたら、おもしろい本を見つくろって、おるうさまの部屋にお持ちします。そうですね。物語を通じて歴史をおさらいすれば、骨董品《こっとう》のことも頭に入りやすくなるでしょう」

「本とは申しても、あまり難しいものや長いものは苦手にございますゆえ、初めのうちは、子供の読むようなものを選んでいただけると嬉《うれ》しゅうございます」

「心得ました」

燕七がちゃんと微笑むと頬にえくぼができるのだ、と、おるうはこのとき初めて知った。本の話をするのが嬉しいのだろうか。

「ずいぶんとお好きなのでございますね？」

おるうもちょっと微笑み返してみせる。

その途端、燕七がヒュッと息を呑《の》んで、せっかくの笑みを引っ込めてしまった。形のよい大きな手を顔に当て、ああ、と呻《うめ》く。

「今の問いは……好きというのは、書物の話でしょうか？」

「さようにございますが」

燕七はいきなり深々と頭を下げた。

「申し訳ございません。言葉の綾《あや》と申しましょうか、少し勘違いを……そろそろ夜も更けてまいりますので、おるうさまは部屋にお戻りください」

「はあ」

おるうは間の抜けた返事をした。

燕七は顔を見せないまま、絞り出すような声で、もう一言付け加えた。

「このように暗い中、巣穴のような男の部屋に長居するものではありません」

えっ、と、またしても間の抜けた声を発してしまう。

しかしながら、じわじわと、わかってきたこともある。ひょっとすると燕七は、おるうが口にした「ずいぶんとお好き」という言葉を色恋のそれだと勘違いして、恥ずかしくなってしまったのではないか。

まるで年端の行かぬ娘のようなはにかみ方である。好き、という一言のためにうろたえてしまうなんて。

おるうは、少し笑ってしまった。

「承知いたしました。では、わたくしはこれにて失礼いたしまする」

立ち去り際、障子が閉まりきったかどうかのときに、燕七がぽつりとつぶやくのが聞こえた。

「まったく、おわかりでない」

何をわかっていないというのだろうか。

伝えたいことがあるのなら、言葉にしてくれたらいい。朝餉の折、夕餉の折、あるいは本の貸し借りの折に、顔を合わせ、言葉を交わすことができるはずだ。

おるうは、寂しゅうござります、と言うことができた。一歩前に進んだように思う。

部屋に戻るなり、長持の奥に隠した瑠璃羽丸を取り出して告げた。

「ちゃんと言えたぞ。これから変わっていけそうだ」

瑠璃色《るりいろ》の螺鈿《らでん》の翼を持つ小鳥が、きらりと光ってあいづちを打ったように見えた。

第三話　流れ星たちの正体

一

「琵琶《びわ》を弾いたこと、でござりますか？」

おるうは箸《はし》を止めて問い返した。

朝餉《あさげ》の席で燕七が急に、おるうに問うてきたのだ。琵琶が弾けるかどうか、と。

燕七と朝餉をともにするようになって、十日ほど経っている。朝餉の場は、おるうの部屋だ。夫婦で一緒に朝餉を食べることにした、と告げると、おすみとおふさが当然といった顔をして、おるうの部屋に二人ぶんのお膳《ぜん》を運んできた。燕七は、それで初めて、おるうの部屋に足を踏み入れたのだ。

朝餉を食べる間、燕七との間に会話はほとんどない。おるうの実家でも、何か特別な場合を除いては、おしゃべりのために口を開くことはなかった。

ところが、この日、燕七が唐突におるうに問うてきたのだ。琵琶を弾いたことがおありですか、と。

おるうの様子に、燕七は答えを察したらしかった。

「やはり、琵琶には馴染《なじ》みがありませんか」

「琵琶など、触れたこともございませぬ」

「そうでしょうね。楽器のお稽古事《けいこごと》といえば、普通は三味線か箏《こと》でしょう」

おるうは周囲の気配を探った。よほどのことがない限り、奥まったおるうの部屋に近づく者はいない。まして、朝餉の刻限は、店のほうの奉公人も奥向きの女中もばたばたしている。

燕七があえて朝餉の最中に水を向けてきたのも、今ここでは誰にも話を聞かれる恐れがないと踏んでいるからだろう。

おるうは燕七に告げた。

「武家では猿楽の囃子《はやし》を習う男子もおりますが、笛と大小の鼓に締太鼓の四種にございます。それらを除く楽器となると珍しゅうございますが、琵琶も一度だけ聴いたことがございます。父の朋輩《ほうばい》の中に、古きものに凝っていらっしゃるかたがおられて」

「古きもの、ですか?」

「はい。和学や古道学、あるいは国学というものだと存じまする。日ノ本古来の歌や『古事記《こじき》』や『日本書紀《にほんしょき》』などを学んだり語らったりするための集まりが、月に一度でしたか、催されておるそうです」

「その古道学の集まりで、琵琶をお聴きになったのですね？」

「ええ。あのとき一度限りのお誘いを受けたのは、おそらく弟の見合いの下ごしらえでございました。古道学の仲間で梅の花見をするというのでお誘いいただき、亀戸天満宮《いどてんまんぐう》に詣《もう》でたのです。近くの料理茶屋でひと休みした折に、弟と同じ年頃の娘御が琵琶をお弾きになりました」

燕七は目を見張っていた。少し前のめりになって問うてくる。

「その琵琶の娘御のお家というのは？　家名を覚えておいでですか？」

「確か、笹がついていて、ささおか、……いえ、笹山《ささやま》さま！　そう、笹山さまです。御目付《おめつけ》のお家柄だったと思います」

「おるうさまのご実家との付き合いは、今でも？」

「いいえ、それが、古道学云々《うんぬん》という体裁をとった見合いでしたのに、その直後に父が上役のご勘気をこうむって孤立したため、音沙汰《おとさた》がなくなりました。縁談が立ち消えになったのでしょう」

なるほど、と燕七は息をついた。

「実は、琵琶を売りたいという御旗本のお使いのかたが昨夜、店にいらっしゃったんです。その御旗本は笹山さまとおっしゃって、古道学に凝っておられて蒐集《しゅうしゅう》品も多いのだとか」

「わたくしの存じ上げている笹山さまでしょうか」

「おそらく。件《くだん》の琵琶は唐物《からもの》で、明の時代、それも最も栄えた永楽帝《えいらく》の頃のものと伝わっているそうです。四百年余り前の品、ということですね。背面が黒漆塗りで、螺鈿による鳳凰《ほうおう》と瑞雲《ずいうん》の模様が大変美しい。撥《ばち》は象牙《ぞうげ》とおっしゃっていました」

「素晴らしい品なのですね」

燕七は難しげに眉《まゆ》をひそめた。

「ですが、いったん話を留め置くことにしました」

「なぜでございましょう？」

「年代もので値打ちのある琵琶というお言葉は、まことであろうとは思うのですが、いかんせん、手前は楽器には詳しくありません。値打ちのほどが十分にはわからないので、その場ではお返事ができませんでした」

燕七は考え込む様子で黙った。止めていた箸を再び動かし始めたはよいものの、この様子では、料理の味もわからないに違いない。

食事のときくらい、仕事について考えるのを休めばいいのに。

おるうはそっと燕七の様子をうかがいながら朝餉を食べた。白いご飯にあさりの味噌汁《みそしる》、めざしの焼いたのと、瓜《うり》の糠漬《ぬかづ》け。

佐久良屋の食事は決してぜいたくではない。いっそ質素なくらいだが、ひと品ひと品、手間を惜しまずに作られている。

燕七は朝餉を食べ終えて箸を置くと、結論を出した。

「わからないまま悩んでみても、埒《らち》が明きませんね。餅《もち》は餅屋だ。不二之助さんの力を借りることにしましょう」

「不二之助どの？　瓦版《かわらばん》を刷ってもらうのですか？」

「いや、そうではなくて。不二之助さんは楽器に詳しいんです。実家が裕福な料理茶屋で、腕のいい芸妓《げいぎ》を抱えているため、不二之助さんも物心つくかどうかの頃から三味線や箏を鳴らして遊んでいた。唄《うた》も、誰に習うでもなくうまかったようで」

おるうは合点がいった。

「道理で。聴かせる声の持ち主だと感じておりました」

「不二之助さんは琵琶が弾けるはずですし、目利きもできるはず。よし、そうしよう。今日、笹山さまのお屋敷にうかがって、件の琵琶をお預かりしてきます。その足で鶏口亭に行って、不二之助さんをつかまえて、目利きをしてもらいます」

おるうは、気づけば口走っていた。

「わたくしも鶏口亭に参ってよろしいでしょうか？」

「えっ？」

「……いけませぬか？」

朝餉や夕餉を差し向かいで食べるようになってから、燕七との間柄が少し変わった。おるうは苛立《いらだ》ちを覚えることが減ってきた。燕七は口数が増え、顔を上げておるうの目を見るようになった。

燕七が、ふっと目元を和らげた。

「かまいませんよ。では、昼八つ（午後二時）頃にいったんこちらに寄ります。鶏口亭まで、一緒に参りましょう」

おるうはほっとした。何とはなしに声が弾む。

「はい。昼八つでございますね」

燕七は、おるうが朝餉を食べ終えるのを待って、それから座を立った。

「では、手前は行ってまいります」

一礼して部屋を辞する後ろ姿に、

「行ってらっしゃいまし」

ひと声掛けると、燕七は肩越しに振り向いて、また目元を少しだけ和らげた。

二

昼八つ過ぎの鶏口亭は、ようやく昼餉の客が引けたところのようだった。

おとないを入れると、料理人の直彦が床几《しょうぎ》に腰掛け、どんぶり飯を掻《か》き込んでいた。飯をいっぱいに頬張った口を押さえながら、無理やり「いらっしゃい」とあいさつしてくれる。

直彦の一つ奥の床几に、同じようなどんぶり飯を食べている男がいる。よく日に焼けており、背は高くないようだが、がっちりとした体つきだ。

男は目を丸くして、燕七とおるうを見比べた。肌が浅黒いぶん、白目のくっきりとした白さが際立っている。

おるうは男に会釈した。男も会釈を返してくれたが、口を開きはしない。

燕七が紹介してくれた。

「そちらは日出弥《ひでや》さん。棒手《ぼて》振りの商いをしています。昼頃にはすべて売り切って、鶏口亭を手伝っていることも多いんです。直彦さんや不二之助さんと同い年で、手前にとっては手習所の先達にあたります」

それから、おるうのことを日出弥に告げた。日出弥はますます目を丸くして、ほう、と息をついた。

棒手振りというのは、天秤棒《てんびんぼう》で青物や大根などを売る仕事だ。呼び声を張り上げて商売をするのだろうに、ここでは声を出そうとしないのが何だかおもしろい。

奥の小上がりの衝立《ついたて》の向こうで、ひょいと身軽に立ち上がった男がいる。不二之助ではない。猫背の不二之助と違って、しゃんと背筋が伸びている。上背もずいぶんあるようだ。

衝立の上にのぞく顔が、にこりと愛想よく笑った。細面で優しげな風貌《ふうぼう》である。

「燕七っつぁんが嫁さん連れてくるって聞いて、楽しみにしてたよ。おるうさん、俺は明蔵《あきぞう》ってんだ」

直彦がようやく飯を呑《の》み込んで、明るく張りのある声で言った。

「明さんは湯屋の倅《せがれ》でね、のんびり者のように見えて、実は誰よりも耳ざとい。湯屋の二階と言やあ、男同士の付き合いの場だ。そこにはいろんな噂話が集まるのさ」

おるうは湯屋に行ったことがない。佐久良屋にも内湯などというぜいたくなものはないが、大きめの桶《おけ》にたっぷりの湯を使わせてもらえる。それで体を拭《ふ》くので十分だ。

おすみが言うには、佐久良屋の奉公人が行きつけにしている湯屋は、きちんと女湯と男湯が分かれている。しかし、二階にある休憩処からは、どうやら女湯を見下ろすことができるらしい。

むろん湯気が立ち込めているので、見えると言っても、ぼんやりとした影といった程度だろう。

それでも、おるうには我慢ならない。見も知らぬ男に肌をさらしてしまうやもしれぬなど、武家育ちの女として到底許せるものではないのだ。

しかも、おるうは夫のいる身だ。何かの間違いがあって、のぞき見などされたら、死んで詫《わ》びねば申し訳が立たない。

そんなことを思ったのが顔に出たのだろう。明蔵は、慌てて言い添えた。

「うちの湯屋は八丁堀のそばにあって、奉行所の与力《よりき》や同心《どうしん》の旦那《だんな》がたもいらっしゃるんだよ。親父が十手持ちの目明かしだし、叔父貴《おじき》もおふくろも妹も捕物に加勢してる。だから、のぞきだの盗みだの、そういう心配がないって評判の湯屋なんだ」

おろおろして身振り手振りの大きくなる明蔵は、不思議なかわいげがある。総出で捕物に加勢する勇ましい一家の倅とも思われない。おっとりした気性であるらしい。

燕七が取り成すように言い添えた。

「明蔵さんの湯屋に集まる噂話が捕物の役に立ったり、不二之助さんの瓦版の種になったりするそうです。手前もあやうく盗品をつかまされそうになったところを、鶏口亭で明蔵さんたちに助けてもらったことがあります」

直彦が日出弥を指差した。

「噂話を集めてくることに関しては、日出さんもすげえんだぜ。青物や大根や芋、季節によっちゃ水菓子も商う棒手振りなもんで、長屋の井戸端や商家の裏口で交わされる女たちの噂話には強い」

衝立の奥から、ぴんと張った箏《こと》の弦をはじいたような、通りのよい美声が聞こえた。

「つまり、鶏口亭には、役立つ噂話が集まるのさ。幼馴染《おさななじ》みの俺たち四人は、手習所の弟分の燕七っつぁんのためなら、労を惜しまないしね」

不二之助である。衝立の脇から顔をのぞかせた。相変わらず、頭に巻きつけた手ぬぐいを目元まで引き下げている。

燕七が、琵琶《びわ》の入った木箱を持ち上げた。

「今日も不二之助さんに相談があって来たんです。楽器のことなんですが」

「楽器でその大きさってことは、中身は琵琶かな」

「はい。どの程度の値打ちの品なのか、ちょっと見てもらえませんか？」

不二之助の薄い唇が三日月の形になった。

「おもしろそうだ。貸してごらん。ひょっとして、いわくつきなのかい？」

「そういうものではないと思いますが」

不二之助が手招きするので、おるうは燕七に続いて、奥の小上がりのほうへ赴いた。

目付筋の旗本、笹山家から預かってきたという琵琶は、美しい品だった。おるうが何となく思い描いていたよりも、背面の模様が見事だ。螺鈿《らでん》によって描かれた鳳《ほう》凰《おう》と瑞雲《ずいうん》は、天井窓から入ってくる春の日差しを浴びてきらきらしている。

食い入るように見ていたら、燕七に尋ねられた。

「以前、目にされたものと同じですか？」

「どうでしょうか。その娘御が琵琶を弾く姿を、離れたところから拝見したのです。

裏面を見ておりませぬゆえ、この琵琶であったかどうか、定かではありませぬ」

華やかな背面に比べ、四本の弦が張られた表のほうはさしたる特徴もない。だが、渋みのある美しさだ。磨かれた木肌は深い色をしている。膨らんだ胴の真ん中あたりに、三日月の模様が二つ、左右鏡合わせに入っている。

不二之助は指で順に弦をはじいた。琵琶の首の糸巻をひねって弦を引き締め、再びはじく。

「おるうさん、琵琶を弾いていたのは若い娘だったのかい？」

「はい。去年の梅見の席で、十三、四の娘御が弾いておりました」

「珍しいことだ。むろん、琵琶を弾ける人そのものが珍しいけれど、若い娘が弾くとはいっそう珍しい。九州《きゆうしゆう》の薩摩《さつま》では、盲僧琵琶の名手が多いらしいよ。目の見えない男の僧が、読経や軍談、世話物の唄《うた》に合わせて琵琶を奏でるそうだ」

不二之助は右手で撥《ばち》を取り、左手で琵琶の弦を押さえた。軽やかな動きで撥を振るうと、三味線よりも明るく柔らかな琵琶の音が、思いがけないほどの大きさで響いた。

腕試しのように、左手の指を細かに躍らせて、不二之助は琵琶を掻き鳴らす。

「まったく違う……」

おるうは思わずつぶやいた。覚えている琵琶の音とはまるで異なるのだ。

不二之助は、びぃん、と伸びる琵琶の音色に、歌うような声をのせた。

「そりゃあ道理だね。琵琶は三味線よりも首が太く、弦を支える柱が高い。この弦をきっちり押さえるためには、大きな手と長い指、それなりに強い力が必要になる。十三かそこらの若い娘には、ちと難しいだろう」

不二之助は再び糸巻を締めて弦の具合を調えると、ざぁっと勢いよく掻き鳴らした。

緞帳《どんちょう》が切って落とされたかのように、場の気配が一変する。

祇園精舎《ぎおんしょうじゃ》の鐘の声、諸行無常の響きあり。

娑羅双樹《しゃらそうじゅ》の花の色、盛者必衰の理《ことわり》をあらはす。

驕《おご》れる人も久しからず、ただ春の夜の夢のごとし。

猛《たけ》き者もつひにはほろびぬ、ひとへに風の前の塵《ちり》に同じ。

六百年余り前に起こった源平合戦により、栄華を誇った平家一門は滅んだ。その末路の悲哀を琵琶の伴奏とともに歌い伝えた法師たちがいたという。

おるうはつい近頃、草双紙に編まれた『平家物語』の挿絵で、そんな琵琶法師の姿を見たばかりだ。どんな声で歌い、どんなふうに琵琶を鳴らしたのだろうか、と思い描いていたところだった。

こんな歌声だったのかもしれない。

手ぬぐいの下に隠れてうかがい知れない不二之助の目は、きっと壇《だん》ノ浦《うら》の波の下を映している。ありもしない都の幻を。

その幻の都までも、不二之助の歌声は届くのではないか。

誰も声や物音を立てず、身じろぎひとつできずに聴き入っていた。

残響が尾を引いて消えていく。

不二之助が、吐息のような声で笑った。それでようやく、おるうは呼吸をすることを思い出した。

直彦が手を打った。

「いや、やっぱり、不二さんはすごいよ！　不二さんの歌は子供の頃からずっと聴いてきたけど、本当に、どうしようもなく引き込まれるんだから！」

不二之助はいとおしげに琵琶を見下ろして微笑んでから、燕七に差し出した。

「実にいい琵琶だ。腕利きの職人が丹誠込めて作って、歴代の持ち主にも大切にされてきたんだろうね。きっと百年後、二百年後だって、このきれいな声で歌ってくれるはずだ」

燕七は琵琶と撥を受け取り、ほっとした顔で木箱に収めた。

「まがい物ではないのですね」

「正真正銘の逸品だよ。惜しいのは、その木箱だな。琵琶とお揃いの螺鈿の箱があれば、骨董《こっとう》品としての値打ちは跳ね上がっただろう。まあ、楽器としての値打ちは、入れ物が何であろうと変わらないけれど。本当にいい子だよ、この琵琶は」

「不二之助さんがそこまで気に入ってくれるとは。なかなかの高値を提示されていますが、この琵琶が本物の上等品であるなら、その値づけも正しいでしょう」

「十五両ってところ？」

さて、と燕七ははぐらかした。

明蔵が、うひゃあ、と剽軽《ひょうきん》な声を上げた。

「十五両！　銭にすりゃあ六万文だろ。湯屋のひと月ぶんの羽書が百四十八文だから、十五両あったら、ざっと四百五か月、ざっくり言って三十三年も湯屋に通えるぜ」

直彦が噴き出した。

「明さんよ、どれほどの大金の話になっても、あっという間に湯屋何年ぶんと勘定できるのは大したもんだが、たとえ話としてどうなんだよ？」

おるうもおかしくて、笑ってしまう。

と、直彦がおるうの顔を見て、笑みの種類を変えた。

「おお、よかった。おるうさん、ちゃんと笑えるようになったね」

「あ……はしたなかったでしょうか？」

「違う違う、そんなことない。楽しいとき、おもしろいと感じたときは、遠慮せずに笑っていいんだよ。前に会ったときは、一生懸命に気を張ってるように見えて、ちょっと心配だった」

「さようでしたか。お気遣い、痛み入ります」

「だから、そんなに硬くならなくていいんだって！　まあ、追々慣れてちょうだいよ」

日出弥がそっと寄ってきて、木箱に収められた琵琶《びわ》をのぞき込んだ。じっと見つめていたと思うと、ぼそりとした調子で燕七に問うた。

「売り主は武士か？」

燕七は一瞬、おるうを見やった。それからうなずいた。

「そのとおりですが、よくわかりましたね」

「丁子《ちょうじ》の匂いがする。武士は刀の手入れに丁子油を使うし、ついでに、いろんな道具の手入れにも使うそうだから」

おるうはどきりとした。

実家から持ってきたものは少ないが、瑠璃羽丸の手入れに使う丁子油は、その少ない品の一つだ。

日出弥の言うとおり、おるうもよく丁子油を使う。髷《まげ》が乱れてこぼれ毛がふわふわしているときなど、刀用の丁子油を手のひらに伸ばし、髪を撫《な》でつけてごまかすのだ。

明蔵も琵琶のにおいを嗅《か》いだが、丁子の香りがわからなかったようで、きょとんとした。不二之助も首をかしげる。おるうにもわからないし、燕七も同様だ。

直彦がおもしろがって、鼻をふんふん鳴らしながら、においを嗅ぎに来た。

「ああ、確かに丁子油だ。木目の面を磨くのに使ったんじゃねえかな。もちろん、丁子油を普段使いにする町衆もいるだろうし、医者なら薬の丁子のにおいをぷんぷんさせててもおかしかねえが、この匂いを嗅ぐと、やっぱり武士を思い浮かべるよな」

燕七はお手上げといった様子だ。

「さすが、日出弥さんと直彦さんは鼻が利きますね」

「日出さんも俺も、食い物に関わる商売だ。鼻が利かなけりゃ、おかしなもんを客に食わせることになりかねない。だから、においには敏感なのさ。それで、この琵琶、金持ちのお武家さんから買い取るのかい」

「金持ちのお武家さん、だと思います。何ぶん初めての取り引きなので、先方の懐具合なども、まだつかみきれてはいませんが。古いものがお好きだとはうかがっています。古道学にも凝っていらっしゃるそうです」

おるうが話したことを、燕七もじかに笹山家で確かめてきたらしい。燕七は声を落として続けた。

「しかし、ちょっと引っかかるんです。自他ともに認める古いもの好きというわりに、骨董商としてはそれなりに名の知られているはずの佐久良屋が、こたび初めてお話しさせていただいている。父の遺《のこ》した記録でも、その名を見たことがないんです」

不二之助が燕七の顔をのぞき込みながら、覆いかぶさっている手ぬぐいを、目元から少しだけ引き上げた。

「こういうときの燕七っつぁんの勘は当たる。気をつけておいたほうがよさそうだ。力になれることがあるなら、いつでも俺たちに何でも言いな。おまえさんを舐《な》めてかかる阿呆《あほう》には、俺たちがきっちり灸《きゅう》を据えてやる」

「ありがとう。頼りにしています」

ふと、明蔵が首をかしげた。

「骨董商っていやあ、近頃、潰《つぶ》れた店があったって親父たちが話してた気がする」

「潰れた？　何という店ですか？」

「んー、何だっけか。朝、寝ぼけてるときに小耳に挟んだんで、店の名前は思い出せねえや。すまねえ、燕七っつぁん」

「いえ。明蔵さんらしいですね」

明蔵はとぼけた仕草で頭を搔《か》いた。

燕七はくすくす笑っている。鶏口亭の四人の前では、燕七も少年の頃に戻るらしい。こんなふうに、力の抜けた様子で笑ったりもするのだ。

三

鳳凰《ほうおう》と瑞雲《ずいうん》の螺鈿《らでん》が施された琵琶は、先方の望みどおり、佐久良屋が買い取った。

笹山家に赴いた燕七の対応に当たったのは、笹山家の用人で、橋本《はしもと》という五十絡みの男だった。武家のわりに居丈高なところもなく、しまいには笹山家当主も顔を出し、存外気さくな様子であいさつをされたという。

その折、当主が直々の頼みを燕七に申し出た。

「来る三月一日の花見の茶会で琵琶を弾きたい、と笹山さまのお嬢さまがおっしゃっているそうです。その日だけ琵琶を貸してはもらえないか、と」

燕七はおるうに告げた。差し向かいで夕餉《ゆうげ》を食べながらのことだ。

「それで、何とお返事なさったのです?」

「どうぞお貸しします、と。そう申し上げるしかありませんでしたが……」

「引っかかっておられるのですね」

「はい。以前も梅の花を見る席で、お嬢さまが琵琶を弾いておられた。こたびは、庭に遅咲きの八重桜があるそうで、その花見の席で弾かれるそうです。たびたびこうした会を設けてお嬢さまが琵琶を弾いておられる様子なのに、なぜ花の季節が過ぎてから手前どもの店にいらっしゃらなかったんでしょうか？」

「さようですね。武家は、親戚《しんせき》や朋輩《ほうばい》などとの付き合いを重んずるものです。多少の無理をしてでも、あらかじめ決まっている催しは、必ずなさねばなりませぬ。笹山さまも、花見の茶会のことは前々からご承知だったでしょうに」

「あるいは、とにかく早く金を用立てたかった？　いや、そこまで困窮しているようにも見えなかった。それとも、単に用人が先走ってしまったのを、当主が許しているだけか？」

燕七はぶつぶつとつぶやき、腕組みをして唸《うな》った。

「不安が晴れませぬか？」

「そうですね。いや、ここで悩んでみても仕方がありません。茶会の日は、手前が笹山さまのお屋敷まで琵琶をお持ちすることになっています。茶会の間、畏《おそ》れ多いことに、手前も同じ部屋で控えているよう申しつけられました。売り物の琵琶が汚れたり傷ついたりせぬよう見張っておきなさい、と」

おるうは、燕七を励ましたくて、微笑んでみせた。

「笹山さまのほうからそうおっしゃってもらえるのなら、安心ではありませぬか。

どうぞしっかりお勤めなされませ」

燕七は、まぶしそうに少し目を細めた。何か言いかけたようだが、結局口を閉ざし、ただ静かにうなずいた。


そう、予感は確かにあったのだ。

どこかおかしい、と感じてはいた。

だが、そんなはずはあるまいと信じたい気持ちが勝った。

何しろ、相手は目付筋の旗本、由緒正しい家柄の名士である。おかしなことなどするはずがないではないか。

ところが、燕七が笹山家の屋敷から帰り、木箱から琵琶《びわ》を出して改めて店に並べようとした、そのときに発覚した。

「違う……？」

その琵琶の背面は黒漆塗りで、鳳凰と瑞雲の模様が螺鈿であしらわれている。表は深い色味の木目に、胴に二つの三日月模様。

特徴を並べれば、初めに預かった琵琶と同じだ。しかし、おかしい。

燕七は、琵琶を手にしたまま困惑していた。そして、一つ目の違和の正体に気づいた。木箱に同梱《どうこん》されていた撥《ばち》を手に取る。じっと目を近づける。

「象牙《ぞうげ》ではない。これは……何の骨だ、これは！　偽物じゃないか！」

珍しく声を荒らげた燕七に、店にいた番頭も手代も、びくりと跳び上がった。

すでに店じまいの刻限である。西日は陰りつつある。

燕七の戻りが遅いのを気にしながら、おるうは客間の花の手入れをしていた。そこへ燕七の怒鳴り声が聞こえてきたのだ。

おるうは、胸の前でぎゅっと手を握りしめた。

「何があったのだ？」

店のほうが気になる。だが、女が店に出るものではない。しゃしゃり出てしまっては、燕七に迷惑がかかる。

おるうは耳を澄ましていた。

柳造が舌打ちしながら、燕七に事情を問うている。番頭もそれに乗っかった。手代たちがざわざわしている。

燕七は誰に答えるでもなく、きっぱりとした声で言った。

「手前は少し出掛けてきます。この琵琶について確かめなくてはならない。店じまいを頼みます」

「おい、逃げんのか？　どこ行きやがんだ？」

柳造の問いかけにも答えず、燕七の気配が去っていく。

おるうは立ち上がった。

「きっと鶏口亭だ」

草履をつっかけると、おるうは裾《すそ》を翻して駆けだした。お嬢さま、と呼ぶおすみの声を聞いたが、かまっていられなかった。

おるうが燕七に追いついたのは、鶏口亭のそばに至ってからだった。おるうも足腰には自信があるのだが、琵琶の木箱を抱きかかえていたにもかかわらず、燕七はたいそう足が速かったのだ。

「お待ちください、燕七さま！」

その背中に声を掛けると、燕七ははっとして振り向いた。

「おるうさま……」

「燕七さまのことが気掛かりで、追いかけてきてしまいました。そちら、笹山さまの琵琶でございましょう。一体何があったのです？」

唇を嚙《か》んだ燕七は、まなざしを地に落とした。

「鶏口亭でお話しします」

「ええ。参りましょう」

路地を入っていくと、ちょうど直彦が暖簾《のれん》をしまおうとしていた。おるうと燕七の顔つきに、ただならぬものを感じ取ったらしい。目を丸くしながらも、わけは聞かずに手招きをした。

「困り事だろ。とりあえず入りな。ちょうど、みんな揃ってるからさ」

燕七は黙りこくっている。おるうが代わりに、痛み入ります、と直彦に頭を下げた。

四

不二之助と明蔵が各々の床几《しょうぎ》に掛けて笑い合っていた。日出弥は直彦の代わりに、台所で鍋《なべ》を見ているようだ。

三人とも、おるうと燕七が入ってくると、ぴたりと動きを止めた。それもわずかな間のことで、張り詰めたものをすぐに緩める。

まず明蔵が声を上げた。

「何だ、燕七っつぁんとおるうさんかぁ。何があったの？　二人揃って、お通夜みたいな顔をしてるぜ。湿っぽいのはよしなよぉ」

明蔵の能天気な明るさに、燕七もいくらか気が軽くなったのかもしれない。強張《こわば》った顔を上げ、口を開いた。

「しくじりました。不二之助さんからも、気をつけるようにと言われていたのに」

力なくつぶやいて、燕七は手近な床几にへなへなと腰を下ろした。

「燕七さま、しっかりなされませ」

直彦が表戸を閉め、心張棒をかった。

「これでよし。もう客は入ってこないぞ。ここにいるのは俺たちだけ。さて、燕坊《えんぼう》、話してみな」

燕坊というのは、昔の呼び名だろうか。格好のつかないその呼び名を嫌がるでもなく、燕七はのろのろと口を開いた。

「前にも相談した琵琶のことです。相応の値で例の御旗本から買い上げました。その折、三月一日の花見の茶会でその琵琶を使うので一日だけ貸し出してほしい、という条件をつけられました」

「三月一日というと、今日だな」

日出弥が台所から出てきて、ぼそりと言った。燕七がうなずく。

琵琶の件と聞いたからだろう。不二之助が床几を立って、燕七のところまでやって来た。燕七が膝《ひざ》に抱えた木箱を指し示す。

「貸し出した琵琶に何かあった、というわけだ。見せてごらん」

燕七は素直に木箱を開けた。

木箱の内側は琵琶の形にくりぬかれ、柔らかな布が敷かれたそのくぼみに、琵琶がきちんと収まっている。ぱっと見ただけでは、何もおかしなところなどない。

直彦、明蔵、日出弥も木箱をのぞき込むべく、輪を縮めてきた。

じっと琵琶を見つめた不二之助は、無言のまま首をかしげた。琵琶に触れた途端、覆いかぶさる手ぬぐいの下で、はっきりと目つきが変わった。

不二之助が琵琶と撥を手に取る。黒漆塗りの背面には、鳳凰《ほうおう》と瑞雲《ずいうん》の模様。しかし、おるうは首をひねった。

「二羽の鳳凰の間合いは、こんなに近かったか？」

不二之助が応じた。

「模様の位置も違うだろうね。先日の琵琶とは別物なんだから」

直彦と明蔵が「ええっ！」と大きな声を出し、日出弥はヒュッと音を立てて息を呑《の》んだ。

燕七が絞り出すような声で告げた。

「すり替えられました。茶会で琵琶《びわ》が奏でられたとき、手前はその場に立ち会うことを許されましたが、まったくの一部始終を見ることができたわけではない。わずかの隙に、似せて作られた別物とすり替えられたようです」

直彦が眉《まゆ》をひそめた。

「どうしてまた、すり替えるなんてことを？」

不二之助が琵琶の四本の弦を順にはじいた。

「駄目だ。音がまるで違う。この琵琶も螺鈿《らでん》細工ではあるから、一両とか二両の値がつくかもしれないが、こいつは見た目だけの張りぼてだよ。楽器としての値打ちがない」

不二之助は弦を調えようとした。しかし、きっちりと締め切る前に、糸巻がひとりでに緩んでしまう。何度繰り返しても同じだ。

日出弥が鼻をひくつかせた。

「漆のにおいが濃い」

「つまり、新しいってことか？　こないだ嗅《か》いだ丁子のにおいはしねえんだな？」

明蔵が確かめると、日出弥はうなずいた。

おるうは、はっとした。

「では、この琵琶は、本物に似せて作られた偽物？　弾くこともできぬ偽物が、わざわざ新たに作られた……やはり、本物とすり替えるために、ということか？」

直彦は頭を掻《か》き、不二之助が抱えた琵琶をちょんとつついた。

「琵琶の形の小物入れってわけでもないしなあ。人を疑うのは気分のいいもんじゃあねえが、やっぱり、どう考えてもおかしいだろ」

それを聞いた燕七は、とうとう頭を抱えてしまった。

「しくじった。油断した。父なら、こんな失敗はしなかっただろう。俺が主《あるじ》になったせいで……」

おるうは思わず燕七の肩に手をのせた。燕七がぴくりと震えて身を硬くする。こうして触れたのは初めてだ。いかにも心細そうな燕七をそのままにしておけない。

何と言えばよいのかわからない。だが、何とかして励ましたい。

「燕七さま、どうか、気を落とされないでくださいまし」

そんなありふれた言葉を紡ぐので精いっぱいだ。

直彦が燕七の背中をぽんと叩《たた》いた。

「ほら、おるうさんの言うとおりだぞ。しゃきっとしろ。元気が出るよう、俺がうまい飯を食わせてやろう！　おるうさんも一緒に食べていくだろ？」

「わたくしも？」

「うん。食ってってくれよ。燕坊はな、前はよくここに来てたんだ。落ち込むことがあるたびに、そこの隅っこで、黙ってうなだれて、膝を抱えていてな。そういうときは夕餉《ゆうげ》を食わせて、湯屋にも一緒に行って、それで佐久良屋に送り届けてたのさ」

燕七が呻《うめ》くように言った。

「そんなの、ずいぶん昔のことじゃないですか」

「おう、燕坊が手習いに通ってた頃の話だ。最後にそんなことがあったのは、七、八年も前だな。俺らのかわいい弟分も大人になっちまったなと思うと、ちょいと寂しくもあったんだ。でも、今日こうしてまた頼ってくれた。嬉《うれ》しいじゃねえか」

直彦は鼻唄《はなうた》交じりに台所へ引っ込んでいく。今度は日出弥が、燕七の背中をぽんと叩いた。

「俺が佐久良屋に行って、燕坊とおるうさんは夕餉を食べてから帰る、と伝えておく。落ち着くまでゆっくりしていけ」

止める間もなく、日出弥は裏の勝手口からするりと出ていってしまった。

不二之助はその間も弦を調えようと、あれこれ試していた。が、ついに匙《さじ》を投げ、琵琶をもとどおりの木箱に収めた。

「燕坊よ、うまくいかねえことは誰にだってある。親父さんが亡くなってからずっと気を張り続けて、疲れてたんだろ。たまには緩めねえと、ぷつんと切れちまうぞ。俺たちが力になってやるから、なあ、ちょっと教えてくれ」

言いながら、不二之助はおるうを燕七の隣に座らせた。明蔵が別の床几《しょうぎ》を持ってきて、おるうたちと向かい合わせになるように置き、不二之助を座らせる。

直彦が台所で鼻唄を歌いながらくるくると働いている。いい匂いの湯気が漂ってくる。店の中が湯気に暖められて、ふわりと優しい匂いに包まれている。

燕七がかすれた声で言った。

「教えるって、何を?」

明蔵がからりとした調子で笑った。

「何でもいいよ。これまでだって、燕坊の困り事は、俺たち四人が力を合わせたらどうにかなっただろ?　おるうさんの素性をめぐって、おかしな探りを入れてくる人がいたときも、うまくいったじゃないか」

「そう、不二之助どのの瓦版《かわらばん》に助けていただきましたね」

不二之助は明蔵を指差した。

「明さんや直さんや日出さんも、陰ながら手伝ってくれたぜ。何しろ、明さんちの湯屋にも、この鶏口亭にも、棒手《ぼて》振りの日出さんのところにも、噂話が集まってくるんだ。そんな噂話を再び流すときに、望んだ形の尾ひれをつけることもできる」

歌うように紡がれる言葉に、おるうはつい聞き入ってしまう。

燕七もいつしか顔を上げ、手ぬぐいの下に隠れがちな不二之助の目をのぞき込もうとしていた。

「頼ってばかりで申し訳ありません。ですが、自分ではどうしていいかわからない」

「なに、いいってことよ。お互いさまだからな」

「手前が不二之助さんの役に立ったことなど、ありましたか？」

「あったとも。おまえさんが気づいていないだけさ。さて、まず教えてほしいのは、この琵琶をすり替えた御旗本の名だ。俺が独自に調べることもできるが、おまえさんから聞き出すほうが早いんでね」

燕七は唇を噛《か》んだ。客の名を明かすことは、商売人としての信義に反するのだろう。

　だが、燕七は騙《だま》された側でもある。琵琶のすり替えの裏にどんな意図があるのか、真相を知りたいと望んでいる。そのために燕七は鶏口亭へ来た。不二之助たちに助けを求めれば、真相に近づけるのではないかという望みがあるからだ。

　と、明蔵がいきなり手を打って、すっとんきょうな声を発した。

「思い出したぁ！　そうだよ、次に燕坊に会ったらこの話をしようと思ってたんだよ。身代を削られて潰《つぶ》れちまった骨董《こっとう》商の件だ。うんうん、そうか、つながったぞ。なあ燕坊、御目付の笹山さまだろ？」

　燕七は、噛みしめていた唇をぽかんと開いた。おるうは息を呑み、余計なことを言ってしまいそうな口を押さえた。

　不二之助がにやりとした。

「なるほど。うん、燕坊は何も言わなくていい。明さん、その話、きちんと聞かせてくれるか？」

　おう、と明蔵はうなずいた。

「順番に話すぜ。うちの湯屋で八丁堀の旦那《だんな》がたにお尋ねしたら、教えていただけたんだ。去る二月二日に町奉行所の沙汰《さた》が下された件だ。深川の永代寺門前町《えいたいじもんぜんちょう》に店を構える骨董商の村中屋の主《あるじ》が、敲《たた》きの刑を受けた上、身代を半分に削られた。村中屋は、安物を値打ち物の骨董品と偽って売ったってんで罰せられたんだ」

おるうは眉《まゆ》をひそめた。

「深川の、村中屋？」

「おるうさん、知ってるのかい？」

「いつぞや、姑《しゅうとめ》どのがかような店の名を口にしておられたような……確か、その店がおかしな客に絡まれて難儀しておるので、心配して訪ねていったとか」

明蔵は納得したようにうなずいた。

「さすが佐久良屋の大おかみだなぁ。同じ骨董商として、放っておけない噂を聞きつけて、確かなことを調べたんだろう」

「その村中屋というのは、安物を値打ち物と偽った罪で罰せられた、と？」

「ああ。村中屋が三両の値をつけた象牙《ぞうげ》の根付が、いつの間にか偽物に化けちまったんだってさ」

「化けたのでございますか？」

「三両って大金だぞ。三両ぶんの羽書を買えば、うちの湯屋に八十一か月通える。ざっくり十二で割ると、六年と九か月だ」

「え、ええ、大金でございますね」

「根付は象牙で、愛染明王像が彫り込まれていた。村中屋がつけた値は三両だ。その根付は、とある武士が買っていった。ところが、その武士が後日、偽物だと怒鳴り込んできた。おかしいなと思いつつも、村中屋は三両を返して根付を受け取った。すると、根付は象牙じゃなくなっていたし、彫りも拙《つたな》いものになっていた」

明蔵の話を咀嚼《そしゃく》したおるうは、引っかかりを覚えた。

「お待ちくだされ。それは村中屋が客を騙したのではなく、客である武士によって、根付が粗悪な偽物にすり替えられたのでは？」

「うん、村中屋もそう証言した。でも、奉行所では武士の言い分が通った。だって、世の中ってのはそういうもんだ。商人よりも武士のほうがうんと偉い」

「何たること！　立場を笠《かさ》に着て偽りを押し通すとは、武士の風上にも置けぬ！」

おるうが憤ると、明蔵は声を落として言った。

「ここからは、奉行所の旦那がたじゃあ手を出せねえ話になるから忘れろって言われたんだ。武士の関わる罪は、奉行所じゃなく評定所《ひょうじょうしょ》で裁かれるからな。でも、わざわざ教えてくれたのは、覚えといて気をつけろよって意味だ」

ひと息入れて、明蔵は続けた。

「問題の根付を買ったのは徒目付《かちめつけ》の森《もり》さまだが、もともとその根付を村中屋に持ち込んだのは目付の笹山さまだ。森さまは、笹山さまの腰巾着《こしぎんちゃく》だそうだ。というわけで、筋書きは見えるよな？」

燕七が低い声で言った。

「このからくりの絵図を描いたのは笹山さまでしょう。初めから偽物にすり替えるつもりで、村中屋に根付を売った。森さまは笹山さまに命じられて、本物を買い、偽物にすり替え、村中屋に怒鳴り込んだ。笹山さまのもとには、村中屋から受け取った根付の代金と、森さまがすり替えた本物の根付が残る」

不二之助が木箱を開け、撥《ばち》を取り出した。

「これも象牙だったはずだが、この手ざわりは、違うよな。得体の知れない骨に替えられている。笹山という男は、そのからくりのための職人を抱き込んでいるんだろう」

おるうは燕七の横顔を見やった。血の気が引いている。唇など真っ白だ。その白い唇が動いた。

「相手が旗本では、訴えの上げようもない。しかも、御目付だと？　武士が罪を犯さないよう目を光らせるお役目に就いておきながら、めちゃくちゃなことをしてくれる。琵琶《びわ》の買い取りに支払った十五両は、佐久良屋にとっても安い金ではないんだぞ」

燕七の拳《こぶし》が震えている。節が白く浮き上がるほど、きつく固められた拳である。おるうは、そっとその拳に手を伸ばした。触れてみると、冷たかった。燕七の拳を包み込んで温めてやるには、おるうの手は小さい。不甲斐《ふがい》ない、と思った。

ぽん、と手を打ち鳴らす音が場に響いた。直彦である。

「はいはい、このへんでひと区切りして、気分を入れ替えよう。飯ができたぞ！」

直彦は、左右の手に一枚ずつ盆を持って台所から出てきた。盆にはそれぞれ、どんぶりが一つとお椀《わん》が二つ載っている。

おるうは、燕七の拳に触れていた手を引っ込め、目の前に差し出された盆を受け取った。

「かたじけのうござります」

「食ったら元気が出るよ。ほら、燕坊も」

促された燕七も盆を受け取った。

俺らのぶんはないのか、と訴える明蔵に、日出さんが帰ってきてからだよ、と応じておいて、直彦はおるうと燕七に説明した。

「どんぶりの白い飯には、めかぶと納豆を叩《たた》いて鰹節《かつおぶし》と醬油《しょうゆ》で和《あ》えたのを載せている。がっと搔《か》き混ぜて食べな。味噌汁《みそしる》の具は、分葱《わけぎ》の刻んだのと、小鰺《こあじ》のつみれ。それから、菜の花と平茸《ひらたけ》の胡麻《ごま》和えは、ほんのちょっと辛子を入れて風味づけしてる。嫌いなもんはあるかい？」

おるうはかぶりを振った。

燕七はただ、どんぶりと箸《はし》を手に取った。直彦に言われたとおり、とろとろした具が載ったどんぶり飯をざっと混ぜ、縁に口をつけて搔き込む。

「……うまい」

ぽつりと言って、あとはもう、ただ黙々と食べていく。

おるうもどんぶりを持ち上げて、具と米を混ぜてみた。そうすると、とろとろの糸を引くどんぶり飯は、箸でつかめない。どんぶりからじかに搔き込むしかないのだ。

お行儀の悪い食べ方だ。しかし、ここには、作法がどうのと小言をぶつけてくる人などいない。

思いきって、どんぶり飯を搔き込んで頰張ってみる。

白い飯はふっくらとして熱い。四人の夕餉《ゆうげ》のために炊いたばかりなのだろう。そのあつあつの飯に、めかぶの磯の香りがよく合う。納豆の滋味と鰹節の香ばしさ。醬油でまとめられた味は少し濃いが、くたびれているせいだろうか、舌がその塩辛さを求めてしまい、箸が止まらない。

どんぶり越しに、直彦の得意げな笑顔が見えた。

「うまいだろ？」

うなずいて、その途端に恥ずかしさを思い出した。頰張っていたどんぶり飯を、なるたけ上品にもぐもぐと咀嚼してから呑《の》み込む。

小鯵のつみれが入った味噌汁は、うまみの強い脂がじんわりと汁に馴染《なじ》んでいる。胡麻和えのほうは、菜の花のほのかな苦みが辛子の風味と引き立て合って爽《さわ》やかだ。

そうするうちに、日出弥が戻ってきた。おるうと燕七が夕餉を平らげる様子に目を細め、直彦と声を掛け合って台所に向かう。飯だ飯だ、と不二之助が歌うように言えば、明蔵が手を打って拍子をとる。

おるうは、ほっと息をついた。

おいしいものを食べると、体が温まる。不安でいっぱいになっていた胸も、いくぶん落ち着いた。

燕七の様子をうかがってみたら、燕七もちょうどこちらを見たところだった。近いところで目が合う。くすぐったいような気持ちになり、おるうは微笑んだ。

おずおずと、燕七も微笑んだ。そして目を伏せた。

「情けないところをお見せしてしまい、面目ありません」

「いいえ、情けないなどと、そのようなことはございませぬ。追いかけてきてようございました。こんなにおいしい夕餉を頂戴《ちょうだい》できるだなんて」

燕七は、おるうにだけ聞こえるようなささやき声で言った。

「子供の頃から世話になっているんです。父に反発して家に帰りづらくなった日も、柳造と喧嘩《けんか》をした日も、小太刀術の稽古《けいこ》から逃げた日も、ここにいさせてもらいました。いつか恩に報いたいと思っていますが、今日もまた甘えてしまいましたね」

「うらやましゅうございます。かけがえのない友を、これからも大切になされませ」

燕七はうなずき、その大きな手でおるうの手にそっと触れた。先ほどまで冷たかった手は、今ではしっかりと温かくなっている。

すっかり日が落ちた帰り際になって、不二之助が燕七を見据えて言った。

「なあ、燕七っつぁん。笹山さまの琵琶の件、訴えを上げるのはしばらく待っちゃくれねえか？　店の外に話を漏らさず、何食わぬ顔で過ごしていてほしいんだ。なに、ほんの数日でいい」

燕七は怪訝《けげん》そうに眉《まゆ》をひそめた。

「不二之助さん、何か心当たりでもあるんですか？」

「まあ、ちょっとな。俺は読売屋だ。一介の骨董《こっとう》商の旦那《だんな》じゃあ知らねえ話もつかんでいる。だから、俺を信じて、数日待っていてくれ」

手ぬぐいの奥から燕七を見つめるまなざしは、優しいと同時に、きらりと鋭く光っているかのようでもあった。


琵琶の件で鶏口亭に行ってから数日の間、おるうは、やはり燕七のことが気掛かりだった。

不二之助に「任せておけ」と言われたとおり、燕七は琵琶の件を誰にも口外していない。佐久良屋の中でも、知っているのはひと握り。柳造とおもん、番頭の三人と、茶会の前に琵琶の手入れをした手代だけだ。

燕七が柳造に激しく詰め寄られているのを、昨夜見かけた。

「おい、燕七、あの件はどうするつもりだ？　安い取り引きじゃあなかったんだろうが。泣き寝入りかよ。舐《な》められたままでいいのか？　意気地なしめ、そんな覚悟で佐久良屋を守れると思ってんのかよ！」

奉公人たちは遠巻きにするばかりだった。激昂《げっこう》した柳造の雷が自分に飛んでこないよう、うつむいてやり過ごすのだ。燕七と柳造の兄弟喧嘩の仲裁など、とてもできるものではない。

おるうは次第にやきもきが募ってしまって、夕餉の席で、とうとう燕七に申し出てみた。

「琵琶のことをお師匠さまに相談してみるのはいかがでござりましょう？　お師匠さまは付き合いが広うござります。ですから、よからぬ企てをなす旗本をこらしめる手立ても、きっと講じることがおできになりまする」

さらなる奥の手も、おるうにはある。父を仲立ちとして、笹山家とわたりをつけるのだ。じかに顔を合わせて話をして、それでどうするという策は、今のところ思いつかないが。

いずれにしても、おるうはじっと待つのがつらかった。不二之助の言葉を信じたい気持ちの一方で、生まれ持った性分として、黙っているのがつらい。困っている人が目の前にいるのなら、何とかして手を差し伸べたいのだ。

燕七は、おるうを見つめ返した。おるうのまなざしから何かを読み取ろうとするかのように、しばらくの間、じっと無言のままだった。

やがて、燕七は微笑んで言った。

「ありがとうございます。でも、もう少しだけ待ってみましょう。不二之助さんが策を講じてくれている。きっと何かが動くはずですから」

「信じて待って、よろしいのですね？」

「はい」

燕七はうなずいた。

わかり申した、と、おるうは応じた。燕七の味方でいよう、一緒に待ち続けようと覚悟を決めた。

そして、まさにその夜のことだった。

流星党が出たのである。

五

流星党とは、盗人《ぬすっと》の一団である。

盗みを働く罪人どもでありながら、町場での人気は高い。

何せ、そんじょそこらの泥棒風情とはわけが違う。悪い金持ちから金品を盗み出し、ついでにその悪事を盛大に暴露する、というのが流星党の手口なのだ。

流星党が出たとなれば、瓦版《かわらばん》はこぞってその鮮やかな盗みの技を書き立てる。江戸っ子は皆、大喜び。喝采《かっさい》して流星党の手柄を謳《うた》い上げる。

しかしてその正体は、となると、さまざまな噂がある。

ご公儀の法に則《のっと》っては裁けない悪を憎む侍ではないか、という説が、近頃では意外にも人気があるようだ。いや、そんなはずはない、侍なんぞ偉そうにふんぞり返っているばかりではないか、という声もむろん高い。

率いる徒党は、はて幾人か。十人だとか、二十人、五十人、いや百人だとか、これについても定かではない。

江戸雀はいかにもかしましく、あれこれと盛んに噂してはいるものの、その実、流星党の正体を知りたいわけではない。

流星党の正体が明かされるのは、つまり、奉行所にとっつかまってしまったときにほかならない。そんな結末が来ることなど、江戸の町衆は望んでいない。

おもしろおかしい英雄像を思い描いては話の種にする。流星党の活躍に、すかっと胸のすく思いをする。それだけでいいのだ。

流星党の正体を明確に知る者は、世の中広しといえど、当の本人たちだけだろう。

三月も半ばに近づいた、月の明るい夜のこと。

草木も眠る丑《うし》三《み》つ時（午前二時）、武家屋敷の高い塀が左右に続く麴町《こうじまち》の一角を、流星党の四人組は音もなく駆けていく。

目付である笹山家の屋敷から盗み出したのは、村中屋などの骨董商を苦しめたいわくつきの品々だ。知りえた限りの罪を書き連ねた紙とともに、笹山家の門前にきれいに並べて置いてきた。

同じ紙を、目付を務める別の旗本の屋敷の門前にも届けておいた。妙に羽振りのよい笹山は、表向きには人付き合いが広く、朋輩《ほうばい》からの評判もよいというが、腹の中ではどうなのか。

旗本の出世争いの激しさは、町場育ちの四人組には計り知れないものがある。骨董商をたぶらかすいかさまを、笹山は朋輩連中に知られることとなる。目付である朋輩連中は、正しく己の務めを果たして笹山を処分するだろうか。それとも、この知らせを使って笹山を脅し、ため込んだ金を巻き上げるだろうか。

あとのことは、どうなったってかまわない。

こたびの目的の品は、琵琶《びわ》だった。背面は黒漆塗りで、鳳凰《ほうおう》と瑞雲《ずいうん》の模様が施されている。上等な絹の袋に、象牙《ぞうげ》の撥《ばち》とともに入れられているのを見つけ、流星党の面々もほっと胸をなでおろしたのだ。

この琵琶だけは笹山家の門前に並べず、大事に抱えてきた。

駆けどおしの四人組は、やがて武家屋敷の界隈《かいわい》を抜け、土橋《どばし》を渡って寄合町《よりあいちょう》のあたりまで戻ってきた。

夜風に鼻をひくつかせて、小柄な影がぼそりとつぶやく。

「出汁《だし》の匂いがする。芝口《しばぐち》橋のたもとの夜鷹《よたか》そば、今宵《こよい》はまだやっているみたいだ」

背格好の似た一人が、闇に紛れる覆面を脱ぎ去りながら笑う。

「そいつはいい。俺らも食ってこうぜ。四人で月見そばを食うにゃ十分なお駄賃を、強欲屋敷から頂戴《ちょうだい》してきたんだ。おお、いい匂いだ。あの出汁の味はなあ、簡単そうでいて、実はなかなか真似できねえのよ。大して上等な鰹節《かつおぶし》でもないんだろうに」

最も背の高い影も笑って言う。

「そば一杯で十六文、月見そばなら三十二文、四人で百と二十八文か。それだけありゃ、湯屋の風呂《ふろ》に二十一回入れるけど、今はやっぱり風呂よりそばがいいなぁ」

四人のうちの最後の一人は、覆面を外しても、手ぬぐいを頭に巻いている。胸に抱えた琵琶を見下ろすと、満足そうに、薄い唇を三日月形に微笑ませた。

六

おるうはなかなか寝つけなかった。

夕餉《ゆうげ》の席で、あの琵琶について燕七に余計なことを告げてしまった。そのことが何となく胸につっかえたようになって、どうにも寝苦しかった。

春の夜は、しんと静まり返っていた。時折、どこからか町木戸を開け閉めする音が聞こえてくる。

うとうとしかけては、うっすらと不安な気配のする浅い夢を見て、はっと目を覚ます。何だか不吉な気がして、お守り代わりの瑠璃羽丸を枕元に置き、またうとうととしては、はっと目を覚ます。

そんな時を過ごしながら、どれくらい夜が更けた頃だろうか。

にゃあん……。

猫の声が聞こえた。

「七夜？」

かまってくれ、と甘えるときの七夜の声だ。今、佐久良屋に住まう人間の中では、おるうに対してのみ、あんな鳴き方をする。たまにおるうの部屋のそばまでやって来て、にゃあああん、と訴えたりもする。

だが、七夜の声は遠かった。では、一体誰に向けて甘えてみせているのか。

にゃああん……。

再び七夜の声が聞こえた。やはり遠い。裏庭からではない。あたりが静まり返っているおかげで、おるうの部屋までもどうにか聞こえてくるのだ。

おるうは夜着をはねのけて起き上がった。七夜の声がどうにも気になる。

月が明るいようだ。夜の暗さに慣れた目は、雨戸の隙間から染み入る月の光だけでも十分に、枕元の手燭《てしょく》に火をともすことができた。

おるうは部屋を出て廊下を渡った。

燕七の部屋から、か細い明かりが漏れている。まさか、まだ仕事をしているのだろうか？　おるうは気になったが。

にゃああん。

さっきよりも、七夜の声がはっきりと聞こえた。おそらく勝手口のほうからだ。

足音を忍ばせて台所へ向かう。女中たちが立ち働いている刻限には近づくことのない場所だ。誰かの下駄《げた》を拝借して土間に下りる。

台の上を照らしてみると、朝餉《あさげ》の仕込みがなされているようだ。大きな釜《かま》には、米が水に浸してある。

おるうは足音を忍ばせて勝手口に向かった。心張棒を外し、そっと戸を開ける。

「にゃあああん」

やはりそこに七夜がいた。白いほうの半分が、夜の中にくっきりと浮かび上がって見える。

七夜は、ぴかりと光る目でおるうのほうをちらりと見やったが、また路地の入り口のほうに向き直った。

「にゃああん」

「どうした、七夜？　誰かがここにいたのか？」

と、おるうは七夜のそばにしゃがみ込んだ。

奇妙なことに食べ物のにおいがした。魚のにおいだ。いや、鰹節だろうか。

見れば、七夜の口元に、それらしきかけらがくっついている。

不意に、背後で音がした。

おるうはびくりと跳び上がりながら、体ごと振り向いた。

「え、燕七さま……」

燕七もまた驚いた様子で立ち尽くしている。手には、おるうと同じく手燭の明かりがある。

「驚かせて申し訳ありません。七夜の鳴き声が聞こえ、気になったもので」

「わたくしもです。寝つけずにいたら、かまってほしいと呼ぶときの七夜の声が聞こえてまいりました。それで、こちらへ来てみたのですが」

燕七は手燭で七夜を照らしていたが、はっと目を見張った。慌てた様子でおるうに手燭を押しつけると、七夜のそばに置かれているものを抱き上げる。

しっとりと光沢を帯びた袋に入った何かだ。

おるうが照らす明かりの中で、燕七は袋の中身を取り出した。

「琵琶だ……あの琵琶だ」

吐息交じりの声を震わせて、燕七は言った。

「まことに？」

「ええ、きっと、あの琵琶です。しかし、これは一体……」

燕七はしばし呆然《ぼうぜん》として琵琶を見つめていた。

足下で、七夜がつまらなそうに「にゃ」と鳴いた。それで時が再び動きだした。

七夜は尻尾《しっぽ》をゆらゆらさせて、勝手口から中へ入っていく。

おるうと燕七は、手燭の明かりの中で、何となく見つめ合った。

と思うと、すごい勢いで燕七がそっぽを向いた。

「も、申し訳ない。その、不躾《ぶしつけ》な目で、おるうさまを……」

そう言いながらも、燕七の目はうろうろと泳いで、おるうのほうを見たり見なかったりしている。

おるうは、自分の格好を思い出した。寝巻である。見下ろしてみれば、襟元がくつろいでしまっている。裾《すそ》もちらりと割れて、緋色《ひいろ》の湯文字がのぞいている。

かぁっと顔が熱くなった。

「わ、わたくしのほうこそ申し訳ございませぬ！」

おるうは逃げだした。両手に持ったままの手燭は、駆ける勢いにあおられて、部屋に飛び込む前に火が消えてしまった。

夜着を頭からかぶって丸くなっているうちに、眠りに落ちていたようだ。気がつけば、もう朝だった。

「お嬢さま、朝餉の支度ができましたよ。そろそろ起きてくださいませ」

おすみの声に、呻《うめ》きながら身を起こす。

「いつの間に眠っていたのか……」

自分の図太さに呆《あき》れてしまう。燕七に寝巻姿を見られ、顔から火を噴きそうな思いをし、心ノ臓がやかましい音で打つのを聞きながら、とても眠れたものではないと悶《もだ》えていたのに。

おすみの用意してくれた水で顔を洗い、身支度を整える。

「お嬢さまが寝坊なさっているから、旦那《だんな》さまは先に朝餉を召し上がりましたよ。忙しくて眠れなかったとおっしゃって、げっそりした顔をされていましたけれど」

「そ、そうか」

「そろそろ寝所を分けるのをおやめになってはいかがです？　お嬢さまがご一緒だったら、旦那さまも夜なべ仕事をお控えになるはずですよ」

おすみのお小言も、もっともなのかもしれない。だが、燕七のほうから何も言ってきてくれないのに、おるうがどんな言葉で申し出ればよいというのか。

一人きりの朝餉を手早く済ませ、部屋を出たときだった。

燕七の声が耳に飛び込んできた。

「何のつもりだ、柳造。なぜ、源蔵親分にこのことを黙っていろなどと言った？」

苛立《いらだ》ちが多分に込められた声は、語気の鋭さに反して、怒鳴りつけるような調子ではなかった。ひそひそしている。人に聞かれてはならない話なのだ。

見れば、仏間で燕七と柳造が額を突き合わせていた。例によって、火花を散らして兄弟喧嘩《げんか》をしている。

柳造も、ひそひそとした声音で切りつけるように応じた。

「全部正直に話したりなんかしたら、面倒事になるに決まってんだろうが。おまえはいちいち厄介な目に遭うわ間は悪いわで、餓鬼の頃からあれこれ損してきたくせに、なぜ学ばねえ？　避けられる面倒事くらいは避けるようにしろってんだ」

「しかし、真相を明らかにするために必要だから、源蔵親分もうちに訊《き》きに来たんだぞ。それを、知らぬ存ぜぬで押し通して追い返すなど……」

「疑われちゃ、もとも子もねえだろうが！　いいか、燕七。こたび佐久良屋は幸いなことに、例の強欲な御旗本にも、実にまともな取り引きで応じてもらえたんだ。そういうことにしときゃいい」

「……それでいいんだろうか？」

「いいんだよ。琵琶《びわ》にも文が添えてあったんだろうが。黙するが上々、とな」

仏間でやり合う燕七と柳造の間には、例の琵琶が置かれている。柳造の指差す先には確かに、「黙するが上々」の一言が書かれた紙片があった。

ゆうべのことはやはり夢ではなかったのだ、と、おるうは思った。

柳造の肩越しに、燕七がおるうを見た。あっ、という顔をしたので、柳造も振り向いておるうのほうを見た。舌打ちをして、叩《たた》きつけるように言う。

「おい、山出し女。あんたにも忠告しておくぞ。琵琶の件は誰にも漏らすな。目明かしに何と尋ねられても、知らぬ存ぜぬで通せ」

「一体、どういうことでござりましょうや？」

「流星党が出たんだ。目付の笹山の屋敷に忍び込んで証《あかし》の品を盗み出し、罪の目録を門前に貼り出したらしい。骨董《こっとう》商を相手に騙《だま》しを重ねていた件だけじゃなく、金品を受け取る代わりに旗本や御家人の罪を見逃す、なんてこともやっていたらしい。朝からその噂で持ちきりだ」

流星党の噂は、おるうも耳にしたことがある。おるうの正体をめぐって奇妙な噂が出回ったとき、その中の一つが「流星党の一員」というものだった。

「では、この琵琶は、流星党が……」

柳造はまた舌打ちをして、おるうの言葉をさえぎった。

「目録に佐久良屋の名はなかったそうだ。源蔵親分がそう言っていた。潰《つぶ》された村中屋のほかにも、品物をすり替えられた骨董商はいたが、皆、泣き寝入りするしかなかったようだな。佐久良屋さんは無事でようござんした、と言われたぜ」

「はあ」

今ひとつ話の流れが見えず、間の抜けたあいづちを打つしかない。柳造は深々とため息をついて、もう一言、説明を加えた。

「流星党が何を思って悪徳旗本の罪を暴き立てたんだか知らねえが、琵琶はなぜだか戻ってきた。悪徳旗本との関わりも、なぜだか書かれなかった。だったら、知らぬ存ぜぬで波風立てずに済ますのがいいだろうがよ。方便ってやつだ」

燕七はまだ納得できない様子だったが、柳造は座を立って仏間を出ていった。

おるうは、柳造の言葉を繰り返した。

「方便、でございますか」

「わけがわからない」

ぽつりと言った燕七に、おるうは提案した。

「鶏口亭へ参りませぬか？　江戸の町に流れる噂話には、不二之助どのたちがお詳しいのでしょう？　流星党に関する話も聞けるのでは？」

燕七は、そうですね、と応じて、おるうから目をそらした。そっぽを向いた燕七の耳が赤くなっている。

やはりゆうべのことは夢ではなかったのだ、と、おるうは改めて思った。次第に頬が熱くなっていく。

七

その日、おるうと燕七が鶏口亭に赴くことができたのは、昼八つ半（午後三時）を過ぎてからだった。

おるうは昼まで手習いをせねばならず、昼餉《ひるげ》の後はおもんにつかまっていた。お花の稽古《けいこ》である。古伊万里《こいまり》の華やかな壺《つぼ》に春の花を生けるのだ。

手元の花々を景色に見立てた上での奥行きだとか広がりだとか、つかみどころのないことをあれこれ説かれても、おるうは相変わらず、ぴんとこない。

おもんのねちねちとしたお説教を聞いているうちに、寝不足がたたって眠くなってきた。だが、船を漕《こ》いだりなどできるはずもない。眠気と闘いながら、おもんの指図のとおりに花を生けるので精いっぱいだった。

「あら、今日は出来がよろしいじゃないの。悪くないわ。まったく、あんたって人は、むらっ気があるのかしらね。いつもこのくらいできりゃいいのに」

突き放すような言い方で誉められて、おるうはちょっと目が覚めた。ぱちぱちとまばたきをすると、おもんは、ふんと鼻を鳴らして裾を払い、部屋を出ていった。

おるうは、古伊万里に生けた花を床の間に飾り、ほっと息をついた。

やがて燕七が出先から戻り、おるうを呼びに来た。

「遅くなりました。そろそろ参りましょう」

「はい。お待ちしておりました」

燕七は羽織を脱いで気楽な格好をした。おるうの小袖《こそで》姿も、肌寒かった頃に比べると身軽なものだ。絹の袋に入れた琵琶を、燕七がみずから抱えている。お供を連れずに二人で出掛けるのにも、だんだんと慣れてきた。

食事の時分を外した鶏口亭では、直彦が仕込みをしながらあくびを噛《か》み殺し、日出弥が立ったまま壁にもたれて居眠りをし、明蔵が長い体を床几《しょうぎ》に横たえていびきをかいていた。

直彦がおるうと燕七に苦笑してみせた。

「暖かくなってくると、昼下がりは眠くってどうしようもねえな。朝寝坊も気持ちいいが、昼寝も捨てがたい」

「不二之助さんは奥で昼寝ですか?」

「昼寝どころか、朝から寝っぱなしだよ。ほんと、猫みたいだよなあ、不二さんは」

と、奥の衝立《ついたて》の向こうから声がした。

「誰が猫だって?」

「あら、起きてたのかい」

直彦が笑いを含んだ声で言えば、不二之助が奥からひょいと顔をのぞかせた。

「今しがた起きたよ。燕七っつぁんとおるうさん、二人揃って、どうかしたのかい?」

燕七は、不二之助のいる小上がりのほうへ向かいながら答えた。

「昨日の夜、麴町の旗本屋敷に流星党が忍び込んだそうです。その旗本がこれまでに手を染めてきた悪事が明るみに出され、朝から大騒ぎになっているのだとか」

おるうも燕七についていく。

不二之助は、出汁《だし》を取った後の鰹節《かつおぶし》に醬油《しょうゆ》をかけたのを肴《さかな》に、酒を飲んでいたらしい。盆に残った半端な肴を、不二之助はつまんで口に放り込んだ。指先をぺろりと舐《な》める仕草が猫のようだ。

「それじゃあ二人は、ここへ噂話を聞きに来たってわけか」

「ええ。御目付も奉行所も大わらわになって探索を進めているようですよ。嘘か本当かわからないことを書き立てた瓦版《かわらばん》が、早くも出始めたようです」

「それはそれは。俺もうかうかしていられないな。町へ出て、活《い》きのいい噂話を仕入れてこなきゃ。ところで、燕七っつぁんが抱えてるものは何だい？」

小上がりに腰掛けた燕七は、袋の口から中身をのぞかせた。

「琵《び》琶《わ》です。背面に鳳凰《ほうおう》と瑞雲《ずいうん》が螺鈿《らでん》であしらわれていて、実に見事な逸品なんですが、あいにく手前は楽器の目利きには自信がないもので」

「鳳凰と瑞雲の琵琶は、行方知れずになっているんじゃなかったっけ？」

「どうなんでしょう。いずれにせよ、黙するが上々という約束ですから、手前の口からは何も言えません」

不二之助は、薄い唇を三日月形にして笑った。

「へえ、なるほどね。貸してごらん。目利きのために弾いてみよう」

「そのままの手ではいけませんよ。さっき、食べ物をつまんだりねぶったりしたでしょう？」

「はいはい、細かいねえ。ちょいと裏の井戸で手と顔を洗ってくらあ」

不二之助は草履をつっかけて、台所の奥にある勝手口に向かおうとした。おるうは、不二之助の小袖や脚絆《きゃはん》につやつやと光るものがくっついているのに気がついた。目を凝らす。

「猫の毛？　不二之助どのは猫を飼っておられるのですか？」

燕七がひょいと手を伸ばしてつまみ取ったのは、黒い毛だ。それだけでなく、暗色の着物にはまだ白い毛がちらほらくっついている。

不二之助は肩をすくめて笑った。

「飼っちゃいないんだが、どうも猫には好かれるみたいでね。しかし、こいつは気をつけないとな」

井戸へ向かった不二之助と入れ替わりに、居眠りから醒《さ》めた日出弥が、おるうと燕七のために熱い番茶を運んできた。同じく目覚めた明蔵が、おやつをどこに買いに行こうか、と直彦に相談を持ちかけている。

「俺は紅《べに》すずめの草団子を久しぶりに食いたいな」

「おお、いいねえ。しかし近頃、紅すずめは人手が足りなくて大わらわなんだとさ。草団子も、八つ時を待たずして売り切れちまうそうだ」

不二之助が井戸から戻ってきた。改めて琵琶を手に取ると、楽しそうに鼻唄《はなうた》を歌いながら弦を調えていく。

「さて、何を歌おうか。前は琵琶の王道、『平家物語』にしてみたが、今様の唄を琵琶に合わせるのも悪くないんだ」

独り言《ご》ちる声さえ、唄のように聞こえる。

不二之助は、おるうと燕七に目を向けると、いたずらっぽく笑った。

「こんなのはどうだろう？　常磐津《ときわず》節の恋の唄、深草少将《ふかくさのしょうしょう》が己の想いの成就を願って、小野小町《おののこまち》のもとに百夜通い続けようとする。なかなかに業の深い恋ではあるんだが、人ってのは、どうしてこういう話に心惹《ひ》かれちまうんだろうね」

すっと息を吸うと、不二之助は伸びやかに歌いだした。

一千年ほど昔、京《きょう》の都の片隅で繰り広げられたという恋の駆け引きの物語に、琵琶の音が美しく寄り添う。

おるうはそっと目を閉じた。

すぐ隣に、燕七がいる。その体の熱と気配を感じながら、琵琶の音とともに織りなされていく恋物語に聴き入っていた。

第四話　亡父の面影

一

二十四節気のうち穀雨を過ぎたとなると、とうに梅はこぼれ、桜もあらかた散ってしまっている。春の花の季節が終わり、初夏の訪れを予感させる藤が花開き、若葉がみずみずしく匂う季節だ。

夕刻、七夜が塀の上を歩いていた。

たまに外に出掛けることがあるらしいのには気づいていた。庭に生えていないはずの草を背中にくっつけていたりするのだ。

「七夜、これからお出掛けか？　それとも、帰ってきたところだったか？」

おるうが声を掛けると、白いほうの半面を見せて振り向いた。

「にゃあ」

「どうした？　そちらに何かあるのか？」

おるうは何気なく、七夜のいる塀のそばに近づいた。

塀の向こう側は路地になっている。湯屋がどうこうと言いながら、女が幾人か、路地で立ち話をしているようだ。

女たちは、佐久良屋の女中だろう。佐久良屋から最も近い湯屋に行くには、この路地を抜けるのが早いらしい。おすみがそう言っていた。

「でもさあ、燕七坊ちゃまも親不孝者よねえ。親の喪中に縁談を進めてたってことでしょ？　昔っからの許婚《いいなずけ》が相手なら、一周忌を済ませてすぐに祝言ってのもわかるけどさ」

いきなりそんな話が始まって、おるうはどきりと立ち尽くした。

おるうのせいで、燕七が親不孝だなどと後ろ指差されてしまっている。

違うのだ、と訴えたい。燕七が親の喪中にもかかわらず縁談を急いだのは、三津瀬家の困窮を救うため。人助けのための温情だ。決して親不孝などではない。

だが、女中たちの噂話は容赦なく続けられる。

「しかも相手が、どこの馬の骨ともわからない人だなんて。そりゃあ、あたしらよりは、ちゃんとした生まれ育ちなんでしょうけど」

「あの人をおかみさんって呼ぶの、馴染《なじ》まないのよね。今までどおり、おもんさまにおかみさんって言っちゃうわ」

塀の向こうで立ち話をしているのは二人だ。誰と誰であると突き止めて咎《とが》めるつもりはない。本当は聞き耳など立てたくもない。

けれども、動けない。

いや、聞くべきなのかもしれない。佐久良屋のおかみとして、燕七の妻として、耳をふさいでばかりもいられない。都合の悪いことにも向き合うべきなのだ。

燕七と朝餉《あさげ》をともにするようになって、交わす言葉が増えた。近頃の燕七は、夕餉の後に自室から本を持ってきて、『平家物語』や『源平盛衰記《げんぺいじょうすいき》』に出てくる英雄や名刀の伝説を教えてくれたりもする。

好きな本の話をするとき、燕七は目を輝かせる。顔立ちが整いすぎているあまり冷たく見えるだけで、きちんと向き合ってみれば、そのまなざしは温かい。ほんの少し微笑むだけでも、気配がふわりと和らぐ。優しい人なのだとわかる。

「ああ、来た来た。ちょっとあんた、災難だったねえ。おふささんに雷落とされちまうなんてさ」

塀の向こうで、からころと下駄《げた》を鳴らして駆け寄った女中がもう一人、立ち話の輪に加わった。

「んもう、ひどい目に遭ったわよ。掃除が手抜きだって叱られちまった。おふささん、このところ何だか機嫌が悪いでしょ。嫌んなっちまうわ」

「先の旦那《だんな》さまがいらっしゃった頃みたいにはいかないわよね。燕七坊ちゃまが佐久良屋の主《あるじ》になられて一年過ぎたってのに、まだ落ち着かないじゃない？」

「絢さまと比べちゃ駄目よ。そりゃあ燕七坊ちゃまは神童と呼ばれるほどの頭をお持ちで、帳簿にも証文にもお強くて、何でもよく覚えていらっしゃるわ。だけど、絢さまの懐の深さは真似できるもんでもないでしょ」

「そうそう、絢さまの代わりにはなれやしないの。おんなじ道を行こうとしたって、あのお堅い燕七坊ちゃまじゃあねえ」

先の主である絢十郎のことを、絢さまという愛称で呼んで、女中たちはきゃあきゃあと声を上げた。お優しかったとか、お茶目だったとか、まるで流行《はや》りの役者を持てはやすかのような軽々しいはしゃぎぶりである。

どんな人だったのだろうか、と思う。絢十郎が生きていれば、おるうは商家の嫁らしく、その人を「お義父《とう》さま」と呼ぶことになったはずだ。つい「義父上《ちちうえ》」と呼んでしまい、変な顔をされたりするのかもしれない。

燕七と柳造はよく似た顔立ち、よく似た背格好で、ともに稀代《きたい》の美男子だ。二人揃って父親似であると聞いている。

でも、絢十郎はよく笑う人だったらしい。笑う声にも華があったという。気難しい燕七も不愛想な柳造も、めったに笑顔にならない。燕七があの美しい顔をくしゃくしゃにして笑うところを思い描いてみるが、うまくいかない。

ひとしきり絢さま絢さまと騒いだ女中たちは、でもさ、と再び声を落とした。噂話の声音だ。

「燕七坊ちゃまがちょっとあれでも、柳造坊ちゃまのほうがいいってわけでもないじゃない？　どっちもどっちなのよねえ。燕七坊ちゃまはお堅すぎるし、柳造坊ちゃまは悪い連中と付き合ってるって噂があるし」

「あたしは、柳造坊ちゃまのほうがましだと思うわ。遊び慣れてるぶん、変な女には引っかかんないでしょ」

「あら、あんた、燕七坊ちゃま贔屓《びいき》だったくせに！」

「えーぇ、燕七坊ちゃま贔屓だったわよ。三座の花形役者だって裸足《はだし》で逃げ出すほどの姿のよさ！　でも、女を見る目はないんだって思ったら、一気に醒《さ》めちまった」

「ああ、あの人ね。不美人とは言わないけどさ、どうにも野暮ったいよねえ」

「変なしゃべり方をするしさ。あれって、どうにかして訛《なま》りを隠そうとしてんじゃない？　ほんと、どこの山奥の田舎から出てきたんだか」

「燕七坊ちゃまのお相手が、どこからどう見ても文句のつけようもないお嬢さんだったらよかったのよ。あたしらみたいなのは、まことにお似合いでございますなんて言って、降参するしかないわけ」

またしても、おるうのことに話が戻ってきてしまう。やはり、おるうを妻に迎えたがために、燕七は奉公人からの評判を落としているのだ。

佐久良屋の奉公人のうち、手代は若い者が多いこともあって、女中たちに頭が上がらない。飯を作ってくれるのも、繕い物をしてくれるのも女中たちなのだ。

その女中たちが燕七をなじっている。女を見る目がないからと失望している。立場の強い女中たちがそう言うのだから、まったくもってそうですよねえ、と手代たちは同調するのではないか。由々しきことだ。

悶々《もんもん》と考えてしまうおるうの頭を、また別の噂話がしたたかに殴りつけた。

「ねえねえ、燕七坊ちゃまはよそに情人《いろ》を隠してるって噂が昔からあるんだけど、あんたたち知らない？　その相手がいるから縁談に見向きもしないんだって、ずっと言われてたのよ」

情人？

燕七さまが大切にしている人が、ほかにいる？

「ええっ、そうなんだ。じゃあ、燕七坊ちゃまが身を固めたのは、世間さまの目を本命の情人からそらすためってところ？　本命のほうに何かあって、縁談を急ぐことにしたのかしら」

「そうだわよ、きっと」

「ねえねえ、燕七坊ちゃまの情人って、女なの？　もしかして男じゃない？」

「あっ、そうか。相手が男なら、確かにね。体裁を保つための嫁がいると、隠れ蓑《みの》にできるから便利よねえ」

塀といっても、さして厚くもない板きれ一枚だ。女中たちが路地を通り抜けてしまうまで、噂話はすべて聞こえてしまった。

おるうは息を殺し、身じろぎもできずにいた。塀の向こうの路地に誰もいなくなってから、ようやくぽつりとつぶやく。

「こたえるものだな……」

佐久良屋の中でおるうの居場所がないことは日々感じている。おるうが生け花の稽古《けいこ》でおもんにしごかれるのを、女中たちが遠目に見て笑っているような気もしていた。

やはり、気のせいではなかったのだ。

あの女中たちはきっと、おるうや燕七の前では、不満ひとつ顔に出しはしないだろう。先ほど言葉にしたのが本音であるにもかかわらず、表向きには従順な奉公人の顔をして、同じ屋根の下にいる。

人の本心など、わからない。

塀の上にいたはずの七夜は、いつの間にか姿を消している。

「おるうさま、そんなところで、どうしました？」

低く落ち着いた声に呼ばれ、はっと振り返った。

「燕七さま……」

出先から戻ったところだろう。青い紬《つむぎ》の羽織姿の燕七が、庭の隅にたたずむおるうのほうへ、歩を進めてくる。

「今日は風もありますし、日が落ちれば、いくらか肌寒くなりますよ。あまり庭に長居するものではありません。それとも、何かありましたか？」

「いや、ちょっと……小手毬《こでまり》の花が、愛らしゅうござりますので」

おるうの腰ほどの高さで、白い小さな花が手毬のように丸い形に咲き集っている。

小手毬、という名は言いえて妙だ。

燕七は小手毬のところまで歩を進めてくると、そっと捧《ささ》げ持つように、花の集まりに手を添えた。形のよい手だ。

「小手毬は、唐土《もろこし》渡りの花だそうです。父が昔、そんなことを言っていました。おるうさまは、この花が好きですか？」

「えっ？　あ、はい」

「ほかにも好きな花がおありでしたら、庭に植えさせましょう。おるうさまの目を年中楽しませられるように」

燕七は、探るようなまなざしを向けてくる。やはり顔かたちの美しい人だ、と、おるうは思う。

つまらぬ女をめとったために評判を落とすというのは、まるで人気の役者のようだ。その人気者が振り向いてくれることなどないとわかっていても、誰かのものになるのは腹立たしい。嫉妬《しっと》の一種だろうか。横恋慕というものだろうか。

おるうは、かぶりを振った。

「花は、結構でございます。すでにこの庭にあるだけで十分」

「そうですか。花でなくとも、ほしいものがあれば、遠慮なくおっしゃってください。大抵のものは手に入ります」

おるうの胸がちくりと痛む。

ものを与えておけば満足する、と思われているのだろうか。寝所をともにすることのない、寒々とした間柄が、もので満たせばどうにかなるとでも？

燕七の情のありかが、やはりわからない。

だから、ちゃんとわかっているところに話を持っていく。燕七が確かに答えを返してくれるはずの話をする。

『太平記之秘伝理書《たいへいきのひでんりしょ》』は、お借りしたところまで読み終わり申した。おもしろうございます」

「そんなふうにおっしゃってもらえるのならよかった」

「実は、『太平記』そのものは幼き頃に少し学んだことがございました。ですが、古めかしい言葉が多く、あまりわからなんだのです。秘伝理書のほうは読みやすうて、おもしろうございます。いにしえの人々の生きざまが身近に感ぜられまする」

「そうでしょう。『太平記』は五百年近く前に成立したとされる古書ですから、難解に感じられるのも道理です。だからこそ、秘伝理書が編まれたんですよ。太平記読みと呼ばれる講釈師が、文字の読めない人々にもおもしろさが伝わるよう、耳で聞いてわかる言葉で『太平記』を書き改めたのが、秘伝理書なんです」

燕七が滑らかにしゃべってくれることに、おるうは安堵《あんど》する。

「続きをお借りしてよろしゅうございますか？」

「はい。夕餉《ゆうげ》の後にお持ちします」

「かたじけのうございます」

おるうは会釈をし、それでは足りないと気づいて、笑顔をつくってみせた。おもんから「仕草が硬いんだよ」とぶつくさ言われ、柳造から「愛敬《あいきょう》の『あ』の字もねえ」と呆《あき》れられ、ではどうすればよいのかと思い悩んだ末に始めたのが、笑顔の稽古だった。

燕七は首をかしげるようにして、おるうのほうを見たまま、ちょっと黙っていた。それから、喉《のど》の調子を整えるふうの空咳《からせき》を一つして、切り出した。

「明日、お師匠さまの屋敷にうかがった後のことですが、おるうさまは何か約束などおありでしょうか？」

「いえ、特にはございませぬ」

おるうがかぶりを振ると、燕七は相変わらず淡々と、しかし意外なことを切り出した。

「では、お連れしたいところがあります。と言いますか、おるうさまをお連れしてくれと、再三頼まれていまして。仕事絡みの付き合いがある人々なんですが」

「お仕事絡みの？　本当に、わたくしも行ってよろしいのでござりますか？」

「ええ。一緒に行っていただけますか？」

「むろんにござります！」

ふと、下駄《げた》の音がして、おすみが姿を現した。こそとも音を立てずに動けるが、こういうときはわざと下駄の音を鳴らしてやって来るのだ。

燕七が振り向いたところで、おすみは告げた。

「お二人とも、夕餉ができましたので、どうぞ中へ」

おるうはうなずき、燕七に続いて母屋に戻った。

二

「出掛ける折、たまには自分の足で歩いてみとうござります。このあたりのことが何もわからず、あまりに心許《こころもと》ないのです」

おるうが思いきって言ってみたら、燕七から許しが出た。おすみと嶋吉をお供につければよいだろう、とのことだ。

それで、冬野家の屋敷へは徒歩で、少し遠回りしてあたりをぶらぶらしながら向かうことになった。

嶋吉は嬉《うれ》しそうに頬を染めていた。

「おかみさんのお出掛けのお供をさせていただけるなんて光栄です！　小僧の頃からお使いで駆け回っていたので、日本橋と両国《りょうごく》、内神田のあたりの案内なら、あたしにお任せください！」

「頼もしいな。ありがとう」

「連雀町にある冬野さまのお屋敷には、昼八つに着けばいいんですよね」

「その約束だ」

「冬野さまのところって、旦那《だんな》さまが幼い頃から通っておられる小太刀術の道場でしょう？　おかみさんも冬野さまのことをご存じなんですか？」

「ああ、親の代からの古い縁でな」

「そういえば、おかみさんがお持ちの木刀も、小太刀術のものだそうですね。木刀にもいろんな形のものがあるんだなって、ちょっと驚きました。あの、佐久良屋では刀やその拵《こしらえ》も扱ってますけど、奉公人は深く関わらないという決まりなんですよ」

だからあまり知らないし、やっぱり何だか刀は怖くて、と嶋吉は首をすくめて言い訳をした。

おるうはひそかに胸をなでおろした。剣術に詳しい者には、木刀の形ひとつで流派を見破られたりもするのだ。

佐久良屋では、刀の仕入れは柳造が、直しや手入れは燕七が、それぞれ担っている。先代の絢十郎がそう定めたのだという。

何しろ商家の佐久良屋が、武家のものである刀を扱うのだ。ともすれば、分限を超えてしまいかねない。

だから、お刀さまについて隅から隅まで知っている者は佐久良屋にはおりません、と示すために、絢十郎は二人の息子に仕事を分け、別々の責を負わせることにした。

そんなふうに絢十郎の日記に書いてあった、と燕七から先日聞かされた。

燕七は悩んでもいるようだった。佐久良屋で扱っている品についてはひととおりわかっておきたい。だが、刀については、わかってはならないと父が判断した。その判断もまた正しいと理解できる。だから悩んでいる。

嶋吉は人懐っこい笑みを浮かべて言った。

「冬野さまの大奥さまは、上品でお優しいですよね。七、八年も前になりますが、小僧だったあたしがお使いに行くと、そのたびにお菓子をくださった。あのかたが小太刀術のお師匠さまだと大旦那さまからうかがったときは、心底びっくりしました」

七、八年前ということは、おるうが連雀町まで通うのをやめた後だ。嶋吉と顔を合わせたことは、おそらくない。

おるうが九つの頃、瑠璃《るり》の脇差《わきざし》の君がかどわかされそうになった。あの騒ぎの後、おるうはしばらく実家の屋敷から出ることを禁じられていた。かどわかしの場にいた悪党はつかまったが、仲間がまだ町場に潜んでいると見られた。報復がないとは言い切れなかったのだ。代わりに冬野夫妻が番町まで来て、稽古《けいこ》をつけてくれていた。

少し早めの昼餉を済ませ、おるうたち三人は通二丁目のにぎわいの中を北へ向かって歩きだした。おるうの行きたいほうへ行ってみてよいという。

「嶋吉さんとわたしがついていますから、迷いはしませんよ」

「おすみもうこのあたりのことはすっかりわかるのか」

「日本橋より南でしたら、大体のところは頭に入れました。日本橋より北は、表通りだけなら」

おるうの荷を抱えた嶋吉は、へえ、と目を丸くした。

「物覚えがいいんですね。おすみさんも、おかみさんと一緒に江戸に出てきたばっかりなんでしょう?」

偽りの素性に触れられると、おるうはびくりとしてしまう。だが、おすみは平然としたものだ。常のとおり微笑みながら、すらすらと言ってのける。

「はい。江戸の話を人づてに聞くことはありましたが、まさか自分がこうして日本橋界隈《かいわい》の人混みに交じることになるとは、夢にも思っていませんでした。嶋吉さんも、生まれは江戸ではないんですよね?」

「そうですよ。といっても、江戸に来る前のことはあまり覚えていなくて。実家は、きょうだいの多い百姓だったそうです。あたしを江戸に連れてきた口入屋が、確かそんなことを言っていました」

嶋吉の口ぶりは、からりとしていた。貧しい百姓が口減らしのために子供を奉公に出すのは、さほど珍しくもないという。

ふと、おるうの目の端を、青い羽織の後ろ姿がちらりとかすめた。

思わず、ぱっとそちらを振り向く。

「燕七さま?」

見間違いではない。燕七だ。おるうは辻《つじ》の真ん中で足を止めた。おすみと嶋吉も立ち止まる。

燕七はこちらに気づかず、東へ向かっていく。冬野家の屋敷はそちらではない。約束の刻限にはまだ間があるので、どこかに立ち寄ろうとしているのだろうか。

嶋吉は、むむっと唸《うな》った。

「また旦那さまはお一人で出歩かれてるんですね。佐久良屋ほどの身代の主《あるじ》が自分で荷を持つだなんて、いけないいんですよ。そういう困ったところは、大旦那さまと似ていらっしゃるんですから」

おるうは首をかしげた。

「燕七さまはどこに向かわれているのだろう？　鶏口亭だろうか」

おすみがそつなく応じた。

「いいえ、違いますよ。鶏口亭は、もっと佐久良屋の近くです。日本橋を渡る手前の辻を東へ行った先、海賊《かいぞく》橋を渡ったところの坂本町《さかもとちょう》ですから」

であれば、ますます燕七の行き先に見当がつかない。

おるうの足がひとりでに動きだす。燕七を追いかけるのだ。人混みをものともせず、さらりさらりとうまく躱《かわ》して、だんだんと足取りが速くなっていく。武芸者の身のこなしである。おすみはぴたりとついてくる。

おかみさん、と嶋吉が後ろで慌てた声を上げている。

燕七は並みの男より背が高い。しかも類《たぐい》まれな美男子であるから、すれ違う人が驚いた顔で道を空けたりなどする。

おかげで、人波の中にあっても燕七を見失うことはなかった。その後ろ姿は何度か道を曲がり、短い橋を渡ったところで路地へと入っていった。

おすみが言った。

「先ほどの橋は汐見橋《しおみ》、ここは橘町《たちばなちょう》四丁目です」

路地には、小料理屋や水茶屋、駄菓子屋などの小さな店が並んでいる。小ぎれいな様子で、人通りもあって明るい。

手前から二つ目の店の前に、燕七がいる。

おるうとおすみはとっさに身を隠した。木戸のそばに積まれた天水桶《てんすいおけ》の隙間から、そっとのぞいて様子をうかがっている。

燕七は、手にしていた風呂敷《ふろしき》包みから書物を取り出した。書名はわからないが、黄表紙だろう。

おとないを入れるより先に、店から飛び出してきた娘がいる。はっとするほど美しい娘だ。年の頃は十五、六か。

「遅いわよ。あたし、ずっと待ってたんだから！」

甘えたような口ぶりで燕七を咎《とが》めてみせる。その声がまたかわいらしい。

おすみがひそひそと言った。

「あの茶屋の看板娘でしょうか」

娘の色白で可憐《かれん》な顔立ちに、前掛けの華やかな紅色がよく似合う。切り前髪がさらさらと頬をくすぐっている。少し蓮《はす》っ葉な格好だ。しかし、燕七を見上げるきれいな笑顔は、どこかあどけなく愛らしい。

燕七の顔つきがまた、日頃より柔らかいように見える。

おるうの頭に、つい昨日聞いた噂話がよぎった。

燕七がよそに情人《いろ》を囲っている、という噂話だ。

もしかすると、あの娘がそうなのだろうか。あの娘がすっかり大人になるまで待つ、という約束を交わしているのだろうか。辛抱強い燕七ならば、そういうこともあるかもしれない。

がつんと頭を殴られたかのように感じられて、おるうはふらついた。

「お嬢さま」

おすみが支えてくれる。

「あの娘、何者だろうか」

「わかりかねます」

「そうか。おすみにもわからぬのか」

「調べましょうか？」

　おるうはかぶりを振った。

「今はよい。そろそろお師匠さまのところへ向かわねば」

　ようやく嶋吉が追いついてきた。荷物を大事そうに胸に抱え、息を切らしている。

「おかみさんもおすみさんも、足が速いんですね。あたしものろまではないつもりだったんですが、まだまだです。旦那さまはこのあたりの店にでも入られたんですか？」

　情人かもしれない愛らしい娘のもとに消えていった、などとはとても答えられない。おるうの代わりに、おすみが口を利いた。

「いえ、旦那さまではなく、昔の知り合いに似た人を見かけたものですから。でも、見失ってしまいました」

「なるほど。あっ、お二人の昔の知り合いというと、旅をして江戸まで出てこられたということですよね。ひょっとすると、馬喰町《ばくろちょう》あたりの宿のほうに向かったということは考えられませんか？」

「ええ、そうかもしれません。馬喰町の旅籠《はたご》街は、このすぐ北のあたりですよね。そちらを通ってから、連雀町へ向かってみてもよろしいでしょうか」

「そうしましょう！　案内いたします。こっちの道から行きましょう」

嶋吉はおすみの方便を疑いもせず、張り切った様子で歩きだした。おすみがおるうの背中をそっと押す。

おるうは、後ろ髪を引かれる思いで、のろのろと歩を進めた。

三

おるうたちより少し遅れて冬野家の屋敷に現れた燕七は、いつもと変わらない様子に見えた。おるうはどうしても落ち着かず、せっかくの稽古《けいこ》も気持ちが乗らなかった。

おるうの心の乱れは、むろん、みちるにも見抜かれた。

「調子がよくないようね。新しい暮らしの中で、やはり心配事が尽きないのでしょう？　怪我などしてしまわないうちに、今日の稽古はここまでにするわね」

「はあ。集中できず、申し訳ございませぬ」

「おるうさま、何かありましたか？　みちる先生のおっしゃるとおり、心配事でも？　もしや、お体の具合が悪いのでは？」

燕七に問われ、おるうはつい、むっと唇を尖《とが》らせた。

「体はいたって健やかにございます。少し考え事をしておるだけですから、お気になさらず」

なぜこんなにもおもしろくないのか。燕七に本命の情人がいる、というだけの話なのに。

情の伴わない縁組であることは、初めから百も承知だ。おるうは実家の金策のため、燕七は佐久良屋の新しい主として立場を固めるため、急遽《きゅうきょ》結ばれた間柄に過ぎない。

そもそも、縁組というのはそういうものだ。江戸は大勢の人であふれているといっても、好き合って一緒になれるのは、長屋暮らしの町人くらいだろう。武士にせよお店者《たなもの》にせよ、お家の思惑や身の上の釣り合いによって相手が決まる。そして、相手のことを好きにならずとも、所帯は保ち続けられるものだ。

わかりきったことだというのに、なぜ。

惚《ほ》れ合っているわけでもない旦那《だんな》さまが情人らしき娘と親しげに話していたという、たったそれだけで、なぜこんなにも気持ちを掻《か》き乱されるのか。

これが嫉妬《しっと》というものだろうか？

「まさか」

自問自答して嘆息する。

心は千々に乱れているし、頭の中はぐちゃぐちゃだ。小太刀術の稽古のみならず、目利きの学びを兼ねた茶会も、おるうの調子はさんざんだった。

帰り際になって、燕七がおすみに告げた。

「おるうさまの荷を持って、先に帰ってもらえますか。おるうさまは、手前と一緒に仕事絡みの知人のところを回ってくるので」

嶋吉は燕七が冬野家に着いた時点で、先に佐久良屋に戻されている。おすみは微笑んだような顔をしたまま、怪訝《けげん》そうに首をかしげた。

「旦那さまとお嬢さま、お二人だけで行かれるのですか？」

「付き人がいると、仰々しくなっていけません。ここは手前のわがままを聞いてもらえますか」

おすみは、おるうに目配《めくば》せをした。その気になれば、燕七に気取られぬまま跡をつけることもできるだろう。そうすべきかどうかと、おすみは問うているのだ。

夫婦とはいえ、男女がたった二人で連れ立って歩くものではない。少なくとも、旗本育ちのおるうにとって、はしたないことだ。表で男女が口を利くことさえ、厳格な父は決して許しはしなかった。

しかし、町人の燕七は、そういうふうに育っていないのかもしれない。町場の夫婦とは、どのように振る舞うべきなのか。

ぐるぐると考えてから、おるうは応じた。

「燕七さまのおっしゃるとおりに。おすみは先に佐久良屋に戻っておれ」

「わかりました」

行きがけに見かけた水茶屋の看板娘のことを問うてみるにしても、おるうと燕七、二人だけのほうがよい。おすみがついていてくれれば心強いが、反面、どうしても甘えてしまう。

自分の心模様くらい、自分でどうにかしたいのだ。

冬野家の門前で、おすみと別れた。先に行ってしまうのを見届けてから、燕七はおるうに確認した。

「沈んだお顔をしておられますが、お加減が悪いというわけではないのですよね？」

「体には何の障りもございませぬ。ご心配なく」

おるうは唇の両端を上げてみせた。頬がうまく動いてくれず、微笑みは続かない。

燕七はまだ何か問いたそうな様子ではあったが、一つかぶりを振った。

「参りましょう。神田川沿いに出られたことは？」

「ありませぬ。今まで、出掛けるときは駕籠《かご》に乗せられておりましたから、どこがどこやらわからず、地名もよく存じませぬ。このあたりは内神田と呼ばれるようですが」

「ええ。お城の北東のお堀から神田川までを内神田、神田川の北岸一帯を外神田と呼びます。内神田は町人地が多い。一方、外神田には武家地もあれば町人地もあり、寺社もあります」

「外神田の高台に見えておるのが、神田明神でございましょう？」

おるうが指差すと、燕七はうなずいた。神田明神は二年に一度、九月十五日に大きな祭りをおこなう。おるうも遠目にはそのにぎわいを眺めたことがあった。みちるのもとに小太刀術を習いに通っていた頃だから、ずいぶん昔の話だ。

「内神田の西は、大名家の上屋敷などが立ち並ぶ小川町《おがわまち》です。お師匠さまのこの屋敷は、その小川町との境の連雀町にあります」

おるうは、幼い頃に黐《もち》の木の上から見晴らした景色を思い出した。武家屋敷の立ち並ぶ小川町は、生まれ育った番町とよく似ていた。一方、内神田はまるで様子が違うから、眺めているだけでわくわくしたものだ。

「さて、まずは神田川沿いにまいりましょう」

歩きだした燕七の後ろを、おるうは離れすぎないようにしてついていく。

冬野家の門前を離れると、たちまち町人地のにぎわいの中に身を置くこととなる。行き交う人の出で立ちを見るに、職人が多い界隈《かいわい》なのだろうか。

燕七は肩越しに振り向いた。

「おるうさま」

「は、はい」

「はぐれてしまいます。あまり離れぬように」

「しかし」

「手前の手を……いや、袖《そで》をつかんでいてください」

「そ、袖を？　できませぬ、そんなはしたないこと！」

燕七は、驚いているような呆《あき》れているような、何とも言えない顔をした。手をつなぐのではなく袖をつかめと、それですら譲歩したつもりだったのだろう。

だが、武家育ちのおるうにとっては、袖でも駄目だ。仕方なげに嘆息し、燕七は袂《たもと》から手ぬぐいを出して、その一端をおるうのほうに差し出した。

「袖よりはいいでしょう？　はぐれないためです。こちらを握っていてください」

「……はい」

燕七が歩きだした。手ぬぐいに引かれて、おるうも歩きだす。

ほんの数歩行くだけで、燕七の足取りがゆっくりしたものであるのに気がついた。おるうへの気遣いだ。稽古着《けいこぎ》と違い、裾《すそ》の開かない着物でちまちまと歩かなければならないのを、わかってくれている。

やはり、おなごと連れ立って歩くことに慣れていらっしゃるのだろうか。本命の情人がいるから。

おるうは沈んだ気持ちで、黙ったまま燕七の背中を追いかけて歩いた。

四

東西に流れる神田川沿いの土手には、床店《とこみせ》という、簡素な造りの店が連なっている。

ここらの店はすべて、古着を扱っているらしい。袖を左右いっぱいに広げて吊《つ》られた格好で、色とりどりの着物がずらりと、ずっと向こうのほうまで連なっている。思い思いの格好をした客が、着物を物色している。

おるうは、ほう、と息をついた。

「何やら楽しそうにございますね」

「こちらは柳原《やなぎはら》土手といって、古着屋が集まる一角です。江戸では、多くの者が着物を仕立てるほどの財を持ちません。古着を買うんです。佐久良屋では奉公人にお仕着せを与えていますが、雇い人である番頭や女中頭は、この柳原土手の古着屋で掘り出し物を見つけてくるそうですよ」

「こういう場所で、自分の足と目で、気に入りのものを見出《みいだ》すのですか。それはおもしろきことのように感ぜられまする」

「では、少しこのあたりを歩いてみましょう。どうぞお先へ」

燕七は手ぬぐいを畳んで袂にしまった。おるうは燕七の前を歩きだす。初めは燕七のほうをちらちら気にしていたが、次第に古着のほうに夢中になった。

何しろ、見たこともないくらい大胆な着物に出会えるのだ。総柄の更紗《さらさ》と上品な黒の生地を片身替わりに仕立てた小袖《こそで》だとか、おどろおどろしい妖怪変化《ようかいへんげ》の姿を染め抜いた一枚絵を裏地にした羽織だとか。

むろん、日頃着やすい縞柄《しまがら》の木綿の着物が最も多い。が、縞柄といっても、縦縞に横縞、千筋、万筋に格子縞もある。縦縞だけでも多種多様で、棒縞、滝縞《たきじま》、かつお縞、子持ち縞、よろけ縞と実にさまざまだ。

不意に声を掛けられた。

「いらっしゃい、燕七さん！　こちらが噂のお嫁さんなんですね。きれいな人だこと！」

手ぬぐいを姉さんかぶりにした女が、おるうに明るい笑顔を向けてきた。年の頃は四十といったところだろうか。

「お初にお目にかかります。るうと申します」

今ひとつ事情がわからないまま、とりあえず名乗ってみる。女はいっそう笑みを深くし、声を弾ませた。

「おるうさんね。ご丁寧にありがとうございます！　あたしは、ヤヱっていいます。ここで古着の商いをしているの。古本も、ちょっとした品揃えなんですよ」

おヤヱは、木箱に入った本を指し示した。黄表紙や巻子本《かんす》だが、おるうも読んだばかりのものがある。

「あ、『太平記之秘伝理書』だ」

「そうそう、太平記読みによる『太平記』の、秘伝理書。英雄たちの熱い結びつき、特に、切ないほどに強い主従の結びつきの物語が、胸にきゅんと来るんですよね。おるうさんもお好きですか？」

「読み始めたばかりにござりますが、おもしろうござります。こちらも売り物でござりましょうや？」

「いえいえ、貸本屋といってね、お客さんに本を貸すんですよ。読み終わったら返してもらうんです。お代は、駄菓子を買うくらいの、ほんのちょっとだけ。本を買うとなると高くつくし、場所も食うから、住み込みの奉公人や長屋暮らしの身には難しいのよ」

「なるほど。貸本という仕組みを使って書見を楽しむ者も多くおるのですね」

「ええ。たとえば、近頃人気の戯作《げさく》といえば『南総里見八犬伝《なんそうさとみはっけんでん》』ですけど、伏姫《ふせひめ》と神犬の八房《やつふさ》、魔の力を持つ悪女の玉梓《たまずさ》、八犬士の犬塚信乃《いぬづかしの》や犬川荘助《いぬかわそうすけ》、幼馴染《おさななじ》みの浜路《はまじ》、不思議な刀の村雨丸《むらさめまる》って、そこいらの子供たちでもよく知ってるんですから」

「子供らも読むのでござりますか」

「どうでしょうねえ。八犬伝は少し難しいから、大人が読んでくれるのを聞いて覚えるのではないかしら。それにしたって、こういう黄表紙や巻子本って、江戸ではすごいんです。人気が出たらもう、あっという間に広がっていくんですよ」

生き生きと語るおヤヱは、きっと本が大好きなのだろう。おるうはつい最近、本を読む楽しみを知ったばかりだ。おヤヱのようには語れないことがもどかしい。

おるうがもっと本について話せるのなら、燕七だって、もっとおるうとしゃべってくれるようになるはずだ。何とはなしに不安になって、おるうは燕七を振り向いた。

燕七は、おるうとおヤヱの話がひと区切りしたと見たようで、口を開いた。

「おヤヱさん、近頃はこのあたりで何か変わったことはありませんでしたか？」

「ありがたいことに、ここんところは穏やかなもんですよ。古着も古本もね。あのね、おるうさん。八品商《はっぴんしょう》って言葉があるんですよ。八つの品の商いで、八品商」

おヤヱは宙に字を書いてみせながら、八品商と繰り返した。

「八品商ってのは、あたしらみたいな古着屋や古着買い、それから質屋に古道具屋、小道具屋、唐物屋《からもの》、古鉄屋と古鉄買いのことをいうんです」

「それらの商いをあえて括《くく》った言葉があるというのは、何ぞ特別ないわれがあるためでしょうか？」

「ええ、そのとおり。八品商のあたしらだとか、佐久良屋さんみたいな骨董《こっとう》商の仕事をしてると、わけありの品を扱ったりなんかするんですよ。だから、いつもきちっと帳簿をつけて、怪しいことがあったらお上《かみ》に届ける。そういう役目も負ってるんです」

「わけありの品、でござりますか」

燕七が説明を補った。

「わけありというのは、たとえば盗品です。盗人《ぬすっと》は、罪の証《あかし》の品を長く手元に置きたくない。さっさと金に換えてしまおうとします。そういう盗人の動きを見張る役割を、手前たちは担っているわけです」

「なるほど。大事なお役目にござりますね」

「手前もそう考えています。骨董商としての仕事の場には、おるうさまをお連れすることはできません。でも、こういった商人同士の付き合いのほうには、ぜひとも顔を出していただきたいんです」

おヤエは顔をくしゃくしゃにして笑い、燕七を着物の袖《そで》でぶった。

「燕七さんったら、何だか頼もしくなってきたじゃあないですか！　おとっつぁんに似てきましたねえ」

「……父に、ですか」

燕七の顔が曇ったのを、おるうは感じ取った。おヤヱは気づかなかったのか、うっとりと微笑んで遠くを見る目をした。

「佐久良屋の先の旦那《だんな》さま、絢十郎さまには、助けていただいた者がたくさんいるんですよ。この柳原土手の古着屋の連中にとっちゃ、本当に頼れるお人でした」

「頼れる人だったかどうかはわかりませんが、顔の広さだけは大したものでしたからね。店の帳簿とは別に父がつけていた日記や書付、帳簿を手がかりに、関わりのあった人や店を回ることを続けているんですが、まったく、飲み仲間の多さには呆《あき》れます」

「燕七さんはまた、そんな言い方をするんですから」

「本当のことです」

おヤヱはくすりと笑うと、おるうに言った。

「絢十郎さまは本当に素敵な人だったんですよ。おるうさんもきっと、あちこちで噂を耳にすると思うわ」

五

神田川に架かる新《あたら》シ橋のあたりまで柳原土手を歩いて、そこで引き返した。歩き疲れていないかと燕七に問われたが、おるうはかぶりを振った。

柳原土手を背に、豊島町《としまちょう》の道を行く。間口二間程度の小振りな店が多い道だ。人通りもそれなりにあって、活気づいている。

燕七は、一軒の小料理屋の前で足を止めた。

「望月屋《もちづきや》？」

「気楽な飯屋ですよ。持ち帰りのおかずを買いに来る女客が多いぶん、鶏口亭より明るくてにぎやかですね」

燕七は暖簾《のれん》を腕で掲げ、おるうを先に通した。おっかなびっくり暖簾をくぐり、中に入ってみると、途端に元気のよい女の声に迎えられた。

「いらっしゃい。みんな首を長くして待ってたんだよぉ！」

三十かそこらの年頃の女が、前掛けで手を拭《ふ》きながら台所から現れた。もう一人、二十そこそことおぼしき女も続いて出てきたものの、そこで立ち止まって、遠慮がちに頭を下げた。

　手前から奥のほうまで小上がりが延びている。半端な刻限だからか、客は三十絡みの武士が一人だけ。まだ日が高いというのに酒を飲んでいる。

　燕七がおるうに紹介した。

「望月屋のおかみのおクラさんと、手伝いをしているおきょうさん。それから、こちらは野江《のえ》六之丞《ろくのじょう》さんといって、勘定方《かんじょうかた》のお役人なんですが、しょっちゅうこうして望月屋で酒を飲んでいらっしゃいます」

　六之丞は盃《さかずき》を掲げた。

「世の中は世知辛く、人生というものは、うまい酒を食らわねばやっていられないことばかりだ。逆に言うと、うまい酒さえあれば、厄介事続きの人生もそこそこやっていける。そういうわけで、酒の案内ならいくらでもお任せあれ。仲良く酒を酌み交わして、つらい人生を楽しくやり過ごしてゆこうではないか」

「いつもこんな調子なので、お勤め絡みの付き合いなどから酒の案内をする流れになり、その席で人生の悩みを聞かされる、ということも多いそうです」

「昨今の武家の悩みといえば、十中八九、金策に由来するものばかりだな。されども、金を扱う勘定方の拙者のような者を除けば、銭だ何だと言葉にするのもいやしいから、などと言って目を背けたままにしがちだ」

　おるうは思わずびくりとした。顔にも出ただろう。が、さりげなく燕七がおるうの前に立ち、六之丞のまなざしをさえぎっていた。

「六之丞さんの計らいでお武家さまと佐久良屋をつなげていただいたことが幾度もあったんですよ。お武家さまにとっても、おかしな金貸しと関わり合いを持ってしまうよりは、うちと取り引きをするほうがいい。うちの商いは真っ当なはずですから」

「真っ当も真っ当だとも。それに、絢十郎どのは実に口がうまかった。いや、悪い意味ではござらんよ。気難しいはずの武家連中にも気持ちよく取り引きをさせてしまうのだから、まったく大したお人だった」

　六之丞はしみじみと言って、茶碗《ちゃわん》の酒を呷《あお》った。

　おクラがおきょうの背中を押して、台所から連れ出してきた。

「うちの店を手伝ってくれてる、おきょうちゃんですよ。燕七さんと同い年だから、おるうさんより三つ年上だわね。おきょうちゃんは、おとっつぁんが目明かしでね、こう見えて事情通なんだよ。人相書きを作るのも得意だよね」

　おきょうはおクラにぐいと押され、おるうの正面に押し出されてきた。帯に矢立と手帳を挟んでいる。おとなしいたちのようで、目を泳がせながら、黙ったままで頭を下げた。

おるうもつられて、黙ったままで頭を下げた。

お互いに名前は明かされているし、素性もわかった。さあしゃべりなさい、と言わんばかりに皆に見守られているが、さて、どんな話を切り出せばよいのか。

何とも言えない沈黙の後、おクラがおるうの顔をのぞき込んできた。

「あらやだ、人見知りしちまうたちなの？」

「ええと、少し……」

「そんなにかしこまらなくったっていいんだよ。さぁさ、おなかすかしてるんじゃない？　おやつを出したげるからさ、そのへんに座っててちょうだいな。おきょうちゃん、手伝って」

おクラはおきょうを連れて台所へ入っていった。

燕七は六之丞のそばに腰を落ち着けた。当然のごとく差し出される茶碗酒を受け取り、きゅっと呷る。

「これはまた、ずいぶんと辛い」

「まさに人生の味、といったところだ。今年の灘《なだ》の下り酒の中でもいっとう辛い樽《たる》を見つけたのだよ。この辛さがたまらんね。しかし、燕七どのは新妻を迎えたばっかりだ。芳醇《ほうじゅん》な香りの、菓子のように甘い酒のほうが似合いだったかな？」

「お戯れを。手前はもともと、こういう辛い酒が好きですし」

「ふむ、新妻を連れてくるというから、どれほど浮かれた様子が見られるかと楽しみにしていたのだが、相変わらずだな。そこらの武士よりよほど武士らしいという看板は、あくまで下ろさんつもりか？」

「看板を掲げているつもりはありませんが」

「もう少しかわいげがあってもよいのだぞ」

おるうも酒を勧められたが、慌てて断った。酒など、まともに飲んだことがない。祝言の席でほんの少し、朱塗りの盃で飲んだくらいのものだ。あのときは、かっと喉《のど》が熱くなり、むせないようにするので精いっぱいだった。

おクラが、ふかしたての饅頭《まんじゅう》を高く盛り上げた皿を二つ運んできた。ほんの二口ほどで食べてしまえるくらいの、小振りな饅頭だ。一つひとつが小さい代わりに、大きな皿に山と積み上げられている。

「はい、お待ちどおさま。こっちが小豆餡《あずきあん》で、胡麻《ごま》をのっけてるこっちが味噌餡《みそあん》だよ。好きなのをお上がんなさい」

さっそく六之丞が小豆餡の饅頭に手を伸ばした。

「おお、こいつを待っていたのだ。饅頭はよい肴《さかな》になる」

「そうそう、悪くないんだよねえ」

ご機嫌そうなおクラが小上がりに腰を下ろし、手酌の酒を呷ると、味噌餡の饅頭を頬張った。

おきょうがほうじ茶を淹《い》れてきてくれた。おるうと燕七、おきょうのぶんだ。ありがとう、と礼を言って受け取る。おきょうは、おるうをじっと見て小首をかしげた。

「一月には妙な瓦版《かわらばん》が一斉に出回って、おかしな噂話が広まっていたけれど、そろそろ落ち着いてきましたか？」

「はい。お気遣い、かたじけのうございます。わたくしがじかに瓦版を目にせぬよう、気を配ってくれた者たちもおりましたゆえ、大したことにはなりませなんだ」

「だったら、よかった」

おきょうはほっとした様子で微笑んだ。ふっくらした頬にえくぼができる。

よほどひどい噂話もあったのだろう。同じような顔を、嶋吉がしていたことがある。おすみも毎日、探るような目を向けてきた。

おるうが実際に見たのは、不二之助が刷った瓦版と、もう一枚だけだ。おもしろがった不二之助がわざわざ持ってきてくれたのである。

「佐久良屋のおかみは流星党の一員だ、という噂もあったようです。わたくしはその瓦版で初めて流星党を知ったのですが、何とも痛快にござりますね」

巷《ちまた》をにぎわす義賊の名を出すと、おきょうも目を輝かせた。

「痛快ですよね。先頃も悪徳旗本の罪を暴いてくれて、いい気味でした。なるほど、おるうさんが流星党。もしもそうなら、確かに燕七さんもおるうさんの姿と素性をひた隠しにするでしょうね」

鮮やかな活躍の一方で、流星党の正体はいまだ謎に包まれている。こたびのおるうのように、実はこの人が流星党ではないか、という話が上がったりもするものの、真相は明るみに出ていないようだ。

おクラが饅頭の皿をこちらへずいと押しやってきた。

「ほら、おるうさんもおきょうちゃんも、饅頭をお食べよ」

勧められるまま、おるうは、胡麻ののった饅頭にかぶりついた。塩気と甘みの塩梅《あんばい》が見事な味噌餡だ。ふかふかの生地が水気を持っていってしまうので、ほうじ茶を口に含む。香ばしくてさっぱりする。

「おお、酒がなくなってしまった。このままでは人生がつらいばかりになってしまう！」

六之丞が大げさに嘆くので、小豆餡の饅頭を平らげたおきょうが素早く座を立った。

「お代わりを持ってきます。その辛いお酒でいいんですよね？」

「うむ、よろしく頼んだぞ」

おきょうがお代わりの酒を持ってくる間に、六之丞とおクラは、饅頭を肴に酒を飲むときはやはり塩気のある味噌餡のほうがいいとか、がつんと甘い小豆餡こそなどと論じ合っていた。丁々発止の掛け合いがおもしろくて、おるうは笑ってしまう。

燕七と目が合った。と思ったが、見つめ合う前に、そらされてしまった。

お代わりの酒が届き、おクラが二人ぶんの酒を注いだところで、本題とおぼしき話を切り出した。

「近頃はそんなに大きな問題も起こってないよ。燕七さんにお願いしたいお客も来てない。口入屋につないでやったり、おきょうちゃんのおとっつぁんに知らせたり、六之丞さんの伝手《つて》で奉公先を見つけたり、それで十分どうにかなってる」

話が見えるようで見えない。おるうは燕七にまなざしを向けた。燕七が意図を察して、おるうに説き聞かせてくれた。

「この望月屋には裏の仕事があるんです。仕事といっても、金は取らないんですがね。夜逃げの相談屋をしてるんですよ。食うに困ってにっちもさっちもいかなくなった者が、ここを訪ねてくるんです」

おクラは手をひらひらと振ってみせた。

「気づいたらそうなっちまってたんだ。うちのお得意さんは、この六之丞さんを筆頭に、顔が広くて世話焼きな人が多いの。だから、ここに駆け込んできてくれりゃ、多少の生活苦は何とかしちまえる。夜逃げなんかしなくったって、ちゃあんとおまんまを食って生きていけるんだから」

六之丞が酒を呷《あお》り、そのわりに静かな声で言った。

「夜逃げしようと思い詰めてしまうような者は、誰かに窮状を訴えることができんのだ。自分でどうにかせねばと考え、自分の首を絞めてしまう。そしてどうしようもなくなって、夜逃げなどという道を選んでしまう」

おるうの頭に浮かんだのは、父のことだった。

家宝を売らねばならぬと思い詰めるまで、窮状をそのままにしていた。おるうも、小太刀術の稽古《けいこ》を辞めたり新しい着物を仕立てるのを控えたり、という程度には家計のことを気にしていたが、所詮《しょせん》は焼け石に水だったのではないか。燕七が救いの手を差し伸べてくれなかったら、行きつくところまで行ってしまったかもしれない。

父の場合、選ぶのは夜逃げではあるまい。腹を切ることを選んでしまう気がする。腹を切るための刀を持たない町人にも、命をなげうつ覚悟をする者だっているだろう。

「夜逃げの相談ができる場があり、その道を選ぶだけの心のゆとりがある者は、まだ幸せにござりまする」

おるうがぽつりとこぼした言葉に、おきょうが深くうなずいた。

「そうなんです。最後の最後に、どうせ駄目だとあきらめながらでもここに来てくれたら、どうにかできるんですよ。あたしたち、何としてでも助けるから」

「おきょうちゃんのおとっつぁんには、望月屋の裏商売の噂を流してもらってんのよ。夜逃げ相談請け負いますってね。自身番には駆け込めないような後ろ暗いところのある人も、こっちには来てくれるんだもの」

六之丞がおるうに言った。

「家財を処分するという話になったら、燕七どのを呼ぶのだ。大抵の品の目利きができる。まあ、もともとは絢十郎どのを頼っていたんだがね」

「あたしは伯母《おば》からこの店を継いだの。伯母も夜逃げ相談をやってたのさ。六之丞さんの父上さまも、ここで力を貸してくれてた。あたしらも長い付き合いだよね。燕七さんなんて、最初にここに来た頃はこーんなに小さかったんだから！」

おクラは両手で大きさを示してみせたが、ずいぶん小さい。せいぜい猫程度だ。

おるうが目をぱちぱちさせると、六之丞が笑った。

「こーんなに小さくはなかったが、まあ、歳のわりに華奢《きゃしゃ》で小さいとは思ったな。十年余り前のことだ。今ではすっかり背が伸び、よい具合に厚みも出て、商家の旦那《だんな》にしておくにはもったいないほどだが」

六之丞は、とん、と燕七の胸板を叩《たた》いた。

と、そのときだ。

遠慮がちに戸が細く開かれた。来客である。しかし、なかなか入ってこない。戸の隙間から、そっとのぞき込んでくるだけだ。

「いらっしゃい！」

おクラがしゃんと立ち上がって声を掛けた。それでようやく、おそるおそるといったふうに、客が入ってきた。

「こ、こちら、夜逃げの相談を受けてくれると聞いたんですけど……」

消え入りそうな声で客が言う。

おるうは驚いて腰を浮かせた。不躾《ぶしつけ》ながら、声も上げてしまったかもしれない。

だが、二人連れの客はおるうなどとても目に入らない様子で、勢い込んで頭を下げた。

「助けてください！」

二人は、十か十二か、せいぜいそのくらいの年頃の姉妹だった。

六

望月屋の面々は、ひとまず姉妹を床几《しょうぎ》に座らせ、饅頭《まんじゅう》とほうじ茶を振る舞った。脇目もふらずに饅頭を頬張っていた姉妹は、人心地つくと、ぽろぽろと涙を流し始めた。

「手ぬぐいをどうぞ」

おクラが差し出す手ぬぐいを、姉妹は礼を言って受け取った。

姉妹の身なりは粗末だが、礼儀はきちんとしている。ついつい饅頭をがっついてしまったときでさえ、食べ方が汚いとは感じられなかった。礼儀に厳しい親に育てられたのだろう。

手ぬぐいで顔を拭《ぬぐ》うと、姉妹は気丈に顔を上げた。

「お饅頭、ごちそうさまです。あたしはみつ、妹はつきといいます。昨日から何も食べてなくて……本当に、助かりました。ありがとうございます」

見知らぬ大人に囲まれており、そのうち一人は武士だというのに、おみつもおつきも怯《おび》える様子はなく、きびきびとしている。姉妹揃って、目元が涼しげで大人びた顔立ちをしており、なかなかの美人だ。

おクラは優しい声音で二人に尋ねた。

「おみっちゃんと、おつきちゃんね。歳はいくつなんだい？」

「あたしは十二です。妹は十一」

「今日は、大人は一緒じゃないのかい？」

おみつは、うつむいた妹をそっと抱きしめてやりながら、気持ちを抑え込んだかのような硬い口ぶりで答えた。

「母は長患いの末、去年の秋に亡くなりました。父は大工ですが、母が死んでがっくりきてしまったんでしょう。母のお弔いの後、急に風邪をひいたり失敗が増えたり、何だか調子がおかしくなりました。そしてとうとう、先月の終わり、仕事中に屋根から落ちて、脚の骨を折ってしまったんです」

おクラが眉《まゆ》をひそめて言った。

「その話、お客さんから聞いたわ。脚の怪我だけじゃなく、頭も打っちまって二日も三日も目を覚まさなくて、どうなることかと心配されてたって」

おきょうが帳面を繰りながら言った。

「二月二十八日、本所尾上町《ほんじょおのえちょう》の料理屋の普請で、大工が足を滑らせて屋根から落ちた。おとっつぁんの名前は、吉蔵《きちぞう》さんですね？」

はい、と姉妹はうなずいた。

「住まいは浅草下平右衛門町《あさくさしもへいえもんちょう》の二《ふた》つ稲荷《いなり》長屋」

姉妹は再びうなずいた。おつきが、顔を涙でぐしゃぐしゃにして言った。

「あたしと姉さんだけじゃ、おとっつぁんをお医者に診せることができないんです。おっかさんの薬代の借金もたくさんあって、もう誰からも借りられない。稼ぐ手立てもない。そしたらおとっつぁん、あたしたちに言ったんです。望月屋で夜逃げの相談に乗ってくれるから二人でどこかに行きなって」

六之丞がもらい泣きをして、ずびずびと洟《はな》をすすり上げた。

おみつは目に涙をためながらも気丈に言った。

「でも、あたしもおつきも、おとっつぁんを置いて夜逃げなんかできません。あたしたち、夜逃げをしないための相談に来たんです。十二と十一の子供ですけど、雇ってもらえませんか？　母の看病をしたり、家の仕事をしたり、二人で働いてきました。あたしたち、働けるんです！」

おるうは皆の顔を見やった。

六之丞はさめざめと涙を流している。おクラは心当たりを思い描いているのか、天井のほうを向いて唸《うな》っている。おきょうは手帳をめくっているが、難しげな顔つきだ。

燕七は、おるうと目が合うと、そっと微笑んだ。

「手前に心当たりがあります」

えっ、と皆が声を上げた。

おみつとおつきは、抱き合うようにして、涙で濡《ぬ》れた目を丸く見開いた。

「ほ、本当ですか？」

「ええ。場所は日本橋の橘町。お二人の住まいは、浅草御門近くの下平右衛門町と言っていましたよね？」

「はい」

「それなら、家からもあまり遠くない。悪くない店だと思いますから、今すぐ行ってみましょうか」

燕七がいつものとおりの静かな声で告げると、姉妹は、暗示にかかったように、こくりとうなずいた。涙は引っ込んだようだった。

燕七に連れられて歩を進め、その店に近づくにつれて、おるうは嫌な予感がしてきた。

行き先はもしや、昼に燕七が恋仲であるらしい娘と親しげにしゃべっていた、あの水茶屋ではないだろうか？

しかし、おるうはどう問うてよいかわからない。おみつとおつきの姉妹は張り詰めた面持ちで、手をつなぎ合って歩を進めている。

日本橋のにぎわいの中を、一行は黙々と進んでいく。

やがて、燕七はひと筋の路地の前に立った。

「こちらです。すぐそこの店で、紅すずめという水茶屋です」

ああ、と、おるうは呻《うめ》いてしまった。やはりあの店だ。燕七が耳ざとく聞きつけ、どうしましたか、と問うてくる。

「……何でもございませぬ」

「歩き疲れましたか？　今日はずいぶん引っ張り回してしまいましたから」

「いえ、これしきのことで音を上げたりはいたしませぬ。とにかく、その水茶屋とやらに参りましょう。おみつどのとおつきどののために」

おるうは笑顔をつくってみせた。燕七は口を開きかけたが、何も言わず、先に立って水茶屋紅すずめに向かった。慣れた様子で戸をからりと開け、紅色の暖簾《のれん》の下から顔を差し入れて声を掛ける。

「今、ちょっといいだろうか」

あっ、と若い娘の声がした。

「いらっしゃい！　今日はもう来ないもんだと思ってたわ。忘れ物でもあった？」

「いや、ちょっと、おさきの力を借りたいことが出来《しゅったい》したんだ。それで、人を連れてきているんだが」

おさき、というのがその娘の名であるらしい。昼にも見かけた、紅色の前掛けの美しい娘が、暖簾をよける燕七の腕の下からひょこりと顔をのぞかせた。

白い肌に小さく赤い唇が映えている。細い眉はくっきりとして、切れ長な目もまつげが濃い。顔の造りのすべてが、まるで精巧な人形のように整っている。

おさきの目が、おるうをとらえた。と思うと、柳眉《りゅうび》がつり上がり、唇がむっと突き出された。怒ったというよりも、拗《す》ねた顔である。それが何とも愛くるしい。

「あなた！　もしかして！」

ぱっと店から飛び出してきたおさきは、おるうに顔を近づけ、まじまじと見つめてきた。背丈は、おるうよりもいくらか低い。

ふぅん、と歌うように言いながら、おさきは生意気そうに目を細める。

「なぁるほど、こういう顔の人だったんだ。瓦版《かわらばん》には、佐久良屋のおかみがあんまり美人でかわいいから、夫が心配して店の奥に閉じ込めてるんだ、なんて書かれてたけど」

「おさき」

燕七が名を呼んだ。咎《とが》める口調である。

おさきは、ぷいとそっぽを向いた。

「力を借りたいって何？　今日は桜餅《さくらもち》も草団子もなくなっちまって、そろそろ店じまいなんだけど」

「売り切れたのか。相変わらず、大した人気だな」

「当たり前でしょ？　お菓子もお茶も、いい加減なものは出してやしないの。それに何と言っても、看板娘が美人でかわいくて気が利いて愛敬《あいきょう》があるってんで評判ですもの」

おさきは胸に手を当ててみせた。看板娘というのは、言わずもがな、おさきのことなのだ。

「ああ、確かにおまえはかわいいな」

「ちょっと！　適当にあしらわないでよ！」

「それはそうと、手が足りていないと言っていただろう？」

おさきは頬を膨らませたが、気を取り直した様子でうなずいた。

「そう、困ってるのよ。ふた月前まで働いてくれてた人は田舎のおっかさんが病気だっていうんで辞めちゃったし、もう一人は身重で、もうじき働けなくなっちゃうし」

「雇ってもらいたい娘が二人いるんだが、どうだろう？　ここで働かせるには幼すぎるか？」

燕七は、連れてきた姉妹を指し示した。おさきは目を丸くした。

「どういうこと？」

燕七は姉妹に目配《めくば》せしたが、緊張した二人は声を発することができない。おるうは、おみつとおつきの後ろに回って、そっと背中をさすってやりながら代わりに訴えた。

「この子らは母を病で亡くし、大工の父は怪我をして動けなくなり申した。十二のおみつどの、十一のおつきどの二人で何とか働いて暮らしを立て、父を医者に診せてやりたいと申しております。どうにか助けてやれぬものでございましょうか？」

「どうしてあなたがしゃしゃり出てくるの？」

試すように言うおさきに、おるうは答えた。

「今までの暮らしを丸ごと変えねばならぬというのは、覚悟のいることです。しかし、己《おの》が腹を括《くく》って踏み出せば家族を救うことができるのだとしたら、怖いなどと申してはいられませぬ。そうやって必死になる気持ちは、わたくしにもよくわかるのです」

燕七がはっと息を吞《の》むのがわかった。

おつきが細い体を震わせて、勢いよく頭を下げた。

「お願いします、姉さんとあたしをここで働かせてください！　おとっつぁんを置いて夜逃げなんかできないんです。病気のおっかさんを支えて、最期はちゃんと看取ることもできたんだから、今がどんなに苦しくても、遺された家族で持ちこたえて暮らしていきたいんです！」

おみつも大きく息を吸って、妹にならって頭を下げた。

「ここで雇ってください。字はひらがなとカタカナが読めます。数も読めます。そろばんは妹のほうが得意で、料理はあたしが得意です。頑張って働きますので、雇ってください。父が起きられるようになるまででもかまいません。どうか、どうか……！」

姉妹の声が聞こえたようで、紅すずめの中から、腹の大きな若い女と、おさきの母とおぼしき女が顔を見せた。二人は燕七に会釈をする。燕七が説明をしようとする。

が、おさきが動くのが早かった。おみつとおつきに駆け寄ると、まとめて抱きしめながら面を上げさせたのだ。姉妹の手を握り、その目をまっすぐに見つめて告げた。

「あたしがおっかさんの水茶屋を手伝い始めたのは十一の頃だった。この手は働き者の手ね。あんたたちならきびきびしてるし、そんじょそこらの看板娘よりかわいいじゃないの。紅すずめで雇うのにぴったりだわ。ね、おっかさん」

おさきは、表に出てきたばかりの女を振り向いた。女は、眉尻《まゆじり》を下げた困り顔で笑ってみせた。

「そうねえ。新しい女中を雇うのは、もちろんやぶさかではないけれど、立ち話で決めてしまうのはどうかしら。かわいらしいお二人さん、夕餉《ゆうげ》を食べていかない？　あたしがこの店の主《あるじ》なの。ゆっくりお話を聞かせてもらえないかしら」

おっとりとした中にも芯《しん》のある、美しい語り方をする人だ。顔立ちはさほど目立つほうではないかもしれない。けれども、物腰のたおやかさに、おるうは惹《ひ》かれた。

燕七が女に問うた。

「お任せしてかまいませんか？」

女はおっとりと微笑んだ。

「ええ、お引き受けしますとも。いきなりこういうご縁をもたらすだなんて、血は争えませんね。懐かしいわ」

燕七は何とも言えない顔をして、黙って頭を下げた。

おさきは姉妹を両腕に抱きしめたまま、キッとした目でおるうを見やった。

「そういうことだから、余計な心配はしなくて結構よ。もうじき日が暮れるわ。あなた、大店《おおだな》のおかみさんでしょ。いつまでもほっつき歩いてないで、さっさとお戻りなさいよ。奉公人に心配をかけるもんじゃないわ」

そう言いながら、燕七のほうもじろりと睨《にら》む。

実に生意気な口ぶりではあるが、くるくると表情を変える正直な顔は、ずっと見ていたいくらいに愛くるしい。おさきに夢中になる男は多いことだろう。いや、男女の別を問わず、おさきは人に好かれるだろう。

じわりと、おるうの胸に暗い気持ちが広がっていく。とてもではないが、かなわない。燕七の隣にいるのがふさわしいのは、おさきのような娘だ。

燕七はあっさりと切り上げた。

「では、よろしくお願いします。また明日、顔を出しますので。さあ、おるうさま、佐久良屋に戻りましょう」

おるうは燕七に促され、一礼して紅すずめの前を辞した。

七

夕六つの捨て鐘が鳴った。日没が近い。長い影が足下に伸びている。駄菓子屋の前にいた子供らが、前掛け姿のおかみさんに追い立てられるようにして、家路を駆けていく。

この刻限になると、日本橋の通りも、昼間のような人出ではない。お使い帰りらしき小僧や家路を急ぐ出職の男とすれ違う。通り沿いの店々が一日の仕事を終えようとしている。

誰もが忙しそうだ。ふた月ほど前に瓦版をにぎわせた噂話の主がここにいると言っても、きっと今さら誰も気に留めまい。

燕七と前後になって歩きながら、おるうはたまらない気持ちになってきて、その背中に話しかけた。

「おさきどのは、気立てのいい娘御でございますね。顔立ちも美しく、心根もよくて、燕七さまに……」

お似合いでございますね、という言葉は喉《のど》から出てこなかった。締めつけられるように胸が苦しい。足が急に重くなり、おるうは前へ進めなくなった。

燕七はおるうが立ち止まったのを察し、歩みを止めて振り向いた。

「どうしました？」

「いえ、その……おさきどのは、ええと……」

燕七は眉《まゆ》をひそめ、こちらに近づいてきた。

「手前の目の届かないところで、おさきが何か、おるうさまを傷つけるようなことをしましたか？　あの子は負けん気が強くていけない。恥ずかしながら、手前のことを慕っていると公言してはばからないのです」

「それは、あの……」

時が満ちるまで隠しておきたい情人《いろ》なのに大胆に振る舞うのだから困ってしまう、という意味だろうか。

問いたい。真実を知りたい。

だが、何と言って問えばよい？　胸が苦しくて、言葉が出てこない。代わりに涙が出てきてしまいそうで、おるうはまばたきを繰り返した。

唇をきつく噛《か》む。乾いて荒れていたようで、歯の当たったところが、ぷつ、と裂けた。

燕七は額に手を当て、嘆息した。

「まったく、あの子ももう十六ですよ。すでに子供ではないというのに」

「さようですか……」

「ええ。いつまでも兄離れしようとしない妹で、困ったものです」

一瞬、周囲から音が消えたかのように感じられた。

おるうは耳を疑った。

そして訊《き》き返した。

「い、妹っ？　おさきどのが、妹、なのでござりますか？」

燕七はばつが悪そうなしかめっ面でうなずいた。

「腹違いの妹です。おさきの母親は、先ほど話した人で、小糸《こいと》さんといいます。亡き父が、その……甲斐性《かいしょう》がありすぎる男だったもので」

甲斐性がありすぎる、と燕七は言葉を選んだが、要するに。

「先の旦那《だんな》さま、絢十郎さまは、小糸どのを妾《めかけ》として囲っていらっしゃった、ということにござりますか？」

「そのとおりです。紅すずめも、父が小糸さんに買い与えたんですよ」

「か、買い与えた？　しかし、佐久良屋からもさほど離れておらぬ、あの場所に？あの、お義母《かあ》さまは、このことをご存じなのですか？」

「むろん、母さんも柳造も知っています。店の者も、年嵩《としかさ》の古株たちは知っている。嶋吉のように若い者には、父も明かしていなかったと思いますが」

燕七は深々とため息をついた。

おるうは肩の力が抜けるのを感じた。

「なるほど。おさきどのがわたくしに厳しい目を向けていたのは、小姑《こじゅうとめ》だからか」

「気が強いでしょう？　でも、よかったら、仲良くしてやってください。ちょっとわがままなところはありますが、悪い子ではないんです。曲がったことが嫌いで、情に厚くて、我が妹ながら頼りになるんですよ」

「ええ、それはむろん。先ほど、おみつどのとおつきどのを迎え入れたときの様子を見ていても、心根の優しい娘御であると感じました。次はもう少しゆっくりと話してみとうござります」

燕七は、ほっとしたように微笑んだ。帰りましょう、と一声告げて、ゆっくりと歩きだす。

少し遅れて歩くおるうに、燕七は低い声で語った。

「隠せるものでもありませんからお話ししますが、今しがた申したとおり、父は甲斐性のありすぎる男でした。初めの妻が手前の母、同じ時期に情を通じていた相手がおもんさんです。手前の母が死ぬと、おもんさんが父の二番目の妻となりました」

日頃、燕七はおもんを「母さん」と呼んでいる。今はあえて「おもんさん」と言い替えたのが、燕七の胸の内の複雑さを表しているようだった。

「燕七さまと柳造さまは、同い年だそうでござりますね。生まれ月もほとんど違《たが》わぬというふうにも、うかがっておりますが」

「当時の正妻が手前の母でしたので、手前が長男ということになっています。ところが、その実、柳造のほうが数日早く生まれたようなんですよ」

「えっ？」

「柳造は当時、妾の子として生まれました。母親の立場の違いから、数日遅く生まれた手前が長男、本当は兄である柳造が次男ということになったんです。でも、ほんの三年後には、柳造の生みの母こそが父の妻になりました。ただし、長男と次男の順序は変わらないままです」

「何と……そういうことなら、柳造どのはおもしろくありますまい。それで、いつもあのようにぴりぴりしておられるのですね」

「父の蒔《ま》いた種ですよ。揉《も》め事という木が育って、そのまま父は亡くなった。身勝手なものだ。しかも、手前が把握しているだけでも、父の子は五人います。手前と柳造、おさきと、あと二人。その二人は、本当の父が何者であるかを知らないまま、両親やきょうだいに囲まれて平穏に暮らしていますが」

なるほど、と、おるうはあいづちを打った。なるほどという、当たり障りがなくて間の抜けたことしか言えなかったのだ。

燕七は嘆息しながら続けた。

「父の子は、さらにほかにもいるようです。父の日記を読み返しているのは、父の不始末を治めるためでもあるんですよ。心当たりを訪ねて回り、もしも困窮しているようならば、佐久良屋でどうにかせねばと考えています。万が一のときには、おるうさま、父の子を養子に迎えることもありうるとお思い置きください」

おるうは合点した。

「それで、みずからの子はできずともよいとおっしゃったのですか」

初夜に交わした話だ。一体どういう意図なのかと、あのときはまるでわからず、しまいには腹を立ててしまったものだ。

燕七は重々しく言った。

「養子であれ何であれ、我が子として育てる子には、手前と柳造のようなしがらみを与えたくないんです。手前は父のようになりたくない。赤の他人は父を誉めちぎりますが、身内としては本当に困った男ですから」

おるうはうなずいた。なぜだか笑いが込み上げてきてしまった。

「相わかりました。ああ、まったく、あれこれ気を回していたことが馬鹿らしゅうなってまいりました」

「気を回していたとは？」

「燕七さまには、ほかに本命の相手がおられるのであろうと思っておりましたゆえ。わたくしのようにかわいげのない話し方しかできぬ女など、燕七さまの目にも留まっておらぬのだろう、きっとおさきどのがその相手に違いない、と」

ぴたりと燕七が足を止めたので、おるうも立ち止まった。

燕七は勢いよく振り返った。西日を浴びた顔が赤い。

「おるうさま、手前は天地神明に誓って、よそに女を囲ったりなどいたしません。手前は父のそういうところを軽蔑《けいべつ》してきたんです。ほかに本命の相手など、冗談じゃない。かわいげのない話し方？　そんなわけないでしょう。かわいげがないなどと思ったことは一度もないし、あなたのほかには誰もおりません。あなただけです」

よく通る声で、燕七はそう言い切った。

周囲から「おお」とどよめきが起こった。

それでようやく、燕七は、はっと我に返った顔をした。しかし、もう遅い。

「いよっ、ご両人！」

「ありゃあ佐久良屋の若夫婦だぞ」

家路を急ぐ職人たちも足を止め、こちらを興味津々で見やっている。

おるうは顔が熱くなった。燕七はうろたえるように左右を見やり、慌てておるうの手首をつかんで、急ぎ足で歩きだした。

「え、燕七さまっ」

燕七の手の大きさと力強さに、おるうは驚いた。その手は熱く、汗で少し湿っている。

どきどきと胸が高鳴っている。

後ろ姿の燕七がどんな顔をしているのか、わからない。

日本橋を渡ってしまえば、佐久良屋はすぐそこだ。まだしばらく道が続けばよいのに、と、おるうはふわふわした頭で考えた。

本書は書き下ろしです。

日本橋《にほんばし》恋《こい》ぞうし

おるうの嫁入《よめい》り

驰月基矢《はせつきもとや》

令和6年 11月25日　初版発行

発行者●山下直久

発行●株式会社KADOKAWA
〒102-8177　東京都千代田区富士見2-13-3
電話　0570-002-301(ナビダイヤル)

角川文庫 24418

印刷所●株式会社暁印刷
製本所●本間製本株式会社

表紙画●和田三造

●お問い合わせ
https://www.kadokawa.co.jp/（「お問い合わせ」へお進みください）
※内容によっては、お答えできない場合があります。
※サポートは日本国内のみとさせていただきます。
※Japanese text only

ISBN 978-4-04-113992-9　C0193

◇◇◇

角川文庫発刊に際して

角川源義

第二次世界大戦の敗北は、軍事力の敗北であった以上に、私たちの若い文化力の敗退であった。私たちの文化が戦争に対して如何に無力であり、単なるあだ花に過ぎなかったかを、私たちは身を以て体験し痛感した。西洋近代文化の摂取にとって、明治以後八十年の歳月は決して短かすぎたとは言えない。にもかかわらず、近代文化の伝統を確立し、自由な批判と柔軟な良識に富む文化層として自らを形成することに私たちは失敗して来た。そしてこれは、各層への文化の普及滲透を任務とする出版人の責任でもあった。

一九四五年以来、私たちは再び振出しに戻り、第一歩から踏み出すことを余儀なくされた。これは大きな不幸ではあるが、反面、これまでの混沌・未熟・歪曲の中にあった我が国の文化に秩序と確たる基礎を齎らすためには絶好の機会でもある。角川書店は、このような祖国の文化的危機にあたり、微力をも顧みず再建の礎石たるべき抱負と決意とをもって出発したが、ここに創立以来の念願を果すべく角川文庫を発刊する。これまで刊行されたあらゆる全集叢書文庫類の長所と短所とを検討し、古今東西の不朽の典籍を、良心的編集のもとに、廉価に、そして書架にふさわしい美本として、多くのひとびとに提供しようとする。しかし私たちは徒らに百科全書的な知識のジレッタントを作ることを目的とせず、あくまで祖国の文化に秩序と再建への道を示し、この文庫を角川書店の栄ある事業として、今後永久に継続発展せしめ、学芸と教養との殿堂として大成せんことを期したい。多くの読書子の愛情ある忠言と支持とによって、この希望と抱負とを完遂せしめられんことを願う。

一九四九年五月三日

角川文庫ベストセラー

悪玉伝　朝井まかて

大坂商人の吉兵衛は、風雅を愛する伊達男。兄の死により、将軍・吉宗をも動かす相続争いに巻き込まれてしまう。吉兵衛は大坂商人の意地にかけ、江戸を相手の大勝負に挑む。第22回司馬遼太郎賞受賞の歴史長編。

忍者丹波大介　池波正太郎

関ヶ原の合戦で徳川方が勝利をおさめると、激変する時代の波のなかで、信義をモットーにしていた甲賀忍者のありかたも変質していく。丹波大介は甲賀を捨て一匹狼となり、黒い刃と闘うが……。

侠客（上）（下）　池波正太郎

江戸の人望を一身に集める長兵衛は、「町奴」として、つねに「旗本奴」との熾烈な争いの矢面に立っていた。そして、親友の旗本・水野十郎左衛門とも互いは心で通じながらも、対決を迫られることに――。

西郷隆盛　新装版　池波正太郎

薩摩の下級藩士の家に生まれ、幾多の苦難に見舞われながら幕末・維新を駆け抜けた西郷隆盛。歴史時代小説の名匠が、西郷の足どりを克明にたどり、維新史までを描破した力作。

隠居すごろく　西條奈加

巣鴨で六代続く糸問屋の主人を務めた徳兵衛。還暦を機に引退し、悠々自適な隠居生活を楽しもうとしていたが、孫の千代太が訪れたことで人生第二のすごろくが動き始めた……心温まる人情時代小説！

角川文庫ベストセラー

青山《せいざん》に在り　篠　綾子

川越藩国家老の息子小河原左京は、学問と剣術いずれにも長けた13歳の少年。彼はある日城下の村の道場で自分と瓜二つな農民の少年、時蔵に出会う。この出会いが、左京の運命を大きく動かし始める――。

義経と郷姫　篠　綾子

頼朝の命により、初恋を捨て義経の許へ嫁いだ郷姫。ともに平泉の地で死ぬまでの5年間、彼の正妻として、戦乱の世を気高く懸命に生きぬいた。歴史に隠された1人の女性の生涯を描く、心揺さぶる時代長編。

天穹の船　篠　綾子

江戸末期、船大工の平蔵は難破したおろしあ人の船造りを請け負う。技術を盗むためと渋々造船に携わるが、彼らの温かい心に触れ友情を育み始める。しかし攘夷派が彼らの命を狙っていた。激動の幕末時代小説。

豊臣家の人々　新装版　司馬遼太郎

貧農の家に生まれ、関白にまで昇りつめた豊臣秀吉の奇蹟は、彼の縁者たちを異常な運命に巻き込んだ。平凡な彼らに与えられた非凡な栄達は、凋落の予兆となる悲劇をもたらす。豊臣衰亡を浮き彫りにする連作長編。

尻啖え孫市　(上)(下)　新装版　司馬遼太郎

織田信長の岐阜城下にふらりと現れた男。真っ赤な袖無羽織に二尺の大鉄扇、日本一と書いた旗を従者に持たせたその男こそ紀州雑賀党の若き頭目、雑賀孫市。無類の女好きの彼が信長の妹を見初めて……痛快長編。